Cómo vencer la timidez

Jonathan Cheek

Cómo vencer la timidez

Un enfoque personalizado para
adquirir seguridad y autocontrol

PAIDÓS

Barcelona
Buenos Aires
México

Título original: *Conquering Shyness. The Battle Anyone Can Win*
Publicado en inglés por G. P. Putnam's Sons. Nueva York

Traducción de Maricel Ford

Cubierta de Alfred Astort

© 1989 by Jonathan M. Cheek, Ph. D., Bronwen Cheek y Larry
   Rothstein
© 1990 de todas las ediciones en castellano,
   Ediciones Paidós Ibérica, S. A.,
   Mariano Cubí, 92 - 08021 Barcelona
   y Editorial Paidós, SAICF,
   Defensa, 599 - Buenos Aires
   http://www.paidos.com

ISBN: 84-7509-625-5
Depósito legal: B-42.737/2002

Impreso en Hurope, S. L.,
Lima, 3 - 08030 Barcelona

Impreso en España - Printed in Spain

Agradecimientos

Mucha gente ha intervenido en la vida de este libro. Gracias a Ken Rivard por proporcionar valiosa información editorial en distintas etapas del proyecto. Gracias a todos los psicólogos que colaboraron en la investigación de la timidez, sobre todo a Arnold Buss y Lisa Melchior.

Fred Mansbridge, Tricia Waters y Timothy Cheek nos dieron apoyo, guía y una inalterable confianza que nos hizo superar más de un episodio frustrante en el proceso de la redacción.

Gracias a los amigos que ofrecieron generosamente su tiempo y sus comentarios inteligentes, que tanto han mejorado el libro: Margery Lucas, Keith Lewinstein, Robin Akert, Jean Jacobsen, Kathryn Jacobsen y Pat McAfee. A Molly Jones que gentilmente nos permitió usar su maravillosa impresora y copiadora.

Y por último, pero no menos importante, gracias a todos los amigos que preguntaron inocentemente, "¿cómo anda el libro?" y escucharon con gran paciencia y amabilidad una respuesta mucho más larga de la que esperaban.

Indice

Este libro está dedicado a toda la gente que ha participado en nuestra investigación sobre la timidez.

Introducción

En 1977 entré en la escuela para graduados de la Universidad de Tejas con sólo una vaga idea del campo de la psicología que quería estudiar. Si me hubiesen presionado habría dicho que me interesaba el tema de la angustia. Durante el primer semestre, esa vaga idea se convirtió en certidumbre.

Estaba inscripto en un seminario sobre psicología social y nos reuníamos dos tardes por semana. La estructura era típica: un profesor daba clase a doce estudiantes sentados alrededor de una larga mesa; la discusión se centraba en los temas de investigación individuales. Ninguno de nosotros tenía problemas para reunir material informativo ni para preparar una presentación en grupo pero para algunos de mis compañeros estar de pie frente al resto y efectuar la presentación era una prueba de fuego. No puedo olvidar a una mujer a la que llamaré Dana. Para ella, la sola idea de ser el foco de la atención general, aun por un breve lapso, abría una compuerta muy profunda y la inundaba de angustia.

La recuerdo de pie detrás de su silla. Una mujer alta, atractiva, con el pelo castaño hasta los hombros, mirando nerviosamente sus anotaciones, tragando saliva y finalmente empezando a hablar. El pelo le caía como dos cortinas a ambos lados de la cara y casi enseguida los estudiantes pidieron que hablara más fuerte. A medida que ella iba sintiéndose más confiada, la voz se hacía más audible, pero noté que usaba su mano derecha para pasar las páginas y la izquierda para masajearse la garganta. Durante los veinte minutos que duró la exposición, tuvo la mano derecha en la garganta; se masajeaba de arriba a abajo y de abajo a arriba como si lo necesitara para poder hablar. Perdí la noción del tema. El espectáculo de su incomodidad quitaba de mi cabeza la importancia de sus palabras.

Cuando por fin terminó, se sentó pesadamente, dejando caer los brazos a los costados. Hasta el día de hoy no he logrado acordarme del tema que trató Dana pero tengo grabado en mi memoria, de forma indeleble, el recuerdo de su cuello enrojecido: parecía como si alguien hubiera tratado de estrangularla.

El problema de Dana puso mi mente a trabajar. Ella era una joven muy inteligente (candidata a licenciarse en uno de los diez mejores programas de psicología de Estados Unidos), y que evidentemente había dedicado tiempo a la preparación de su exposición; sin embargo sus desventajas eran obvias y hacían que uno llegara a dudar de que ella pudiera recibir su título. Bueno, pensé, tratando de alejarla de mi mente, es tímida..., como si eso explicara todo.

Por momentos, en los días siguientes, volvía a mi mente la imagen de Dana. Podía estar bebiendo una cerveza o leyendo y de repente me interrumpía la visión de Dana frotándose la garganta. *¿Por qué* era tímida? ¿Experimenta todo el mundo la timidez de la misma manera? ¿Era Dana más susceptible a la timidez que el resto de la clase? ¿Estaría relacionado su problema con la forma en que había sido criada o habría nacido tímida?

Finalmente ganó mi curiosidad. Fui a la biblioteca y busqué en las revistas de investigación tratando de encontrar respuestas a mis preguntas. Daba por sentado que alguien antes que yo se habría interesado por problemas como el de Dana y habría hecho estudios sobre el tema. Sin embargo, después de horas de buscar y leer algunas referencias descubrí que se había trabajado muy poco sobre la timidez y que se había discutido bastante.

Los investigadores ni siquiera están de acuerdo en la definición del problema. La timidez suele agregarse a algunos otros rasgos de la personalidad como la *introversión* y la *angustia general*. En la literatura clínica que cuenta casos reales, encontré un rechazo similar al reconocer la timidez como un problema en y del uno mismo. Para el típico psicólogo clínico, la timidez era sólo un síntoma de una neurosis o psicosis subyacente. Traten la causa y el síntoma desaparecerá.

Esta falta de atención a la timidez tenía un efecto pernicioso por una sencilla razón: *Si no hay problema, no hay cura.* En otras palabras: hasta que los psicólogos estén de acuerdo en que la timidez es un problema en sí mismo, hasta que examinen de cerca sus mecanismos, no van a poder empezar a tratarla. Para los psicólogos la timidez ha sido siempre un poquito de esto, un poco de aquello. Es decir, llenaba algunos huecos... como Dana.

Hasta 1977. En ese año, un psicólogo social de California llamado Philip Zimbardo publicó las respuestas de la gente a una pregunta muy simple que había estado formulando desde principios de la década del setenta: *¿Es usted una persona tímida?*[1]

Diciéndolo con discreción: la respuesta fue avasallante. Extrapolando los resultados de la encuesta, Zimbardo estimó que casi el cuarenta por ciento de la población hubiera respondido "sí" a la pregunta.

La encuesta de Zimbardo abrió las puertas al estudio de la timidez. Cualquier tema que obtuviera una respuesta de esa magnitud —aunque nadie supiera con exactitud su significado— merecía muchísima más atención.

Gracias a Dana y a Zimbardo decidí estudiar la timidez.

Una manera lógica de empezar era examinar algunas de las suposiciones que habían estado haciendo los psicólogos respecto de la timidez. A menudo califican a las personas tímidas como no sociables, implicando con ello que los tímidos no están interesados en ser amigables. Diseñé una prueba para calificar a los estudiantes que decían ser tímidos de los que decían no serlo[2]. Presentaba a pares de estudiantes (uno tímido, el otro no) y los dejaba solos durante cinco minutos indicándoles que "fueran conociéndose". Después, interrogándoles sobre su breve conversación, descubrí varias cosas.

La primera fue que las personas tímidas no son antisociales. Una y otra vez los participantes tímidos me dijeron que *deseaban* hacer amistades, pero que una barrera de angustia impedía que se mostraran tan amistosos como hubieran querido.

La segunda: los estudiantes tímidos calificaban su desempeño de forma muchísimo más exigente que un panel de observadores objetivos (que ignoraba quién era tímido y quién no). Evidentemente, los tímidos son sus peores críticos.

Finalmente, si bien seleccioné a los participantes tímidos en función de sus informes sobre síntomas físicos de timidez o su opinión de carecer de aptitudes para la vida social, algunos de ellos me dijeron después que ser consciente de su timidez era la peor parte del experimento.

Para continuar mi investigación, vi que necesitaba medir no sólo la experiencia de la timidez total, sino hacerlo en tres áreas específicas. Tenía que especificar más mis pruebas y cuestionarios para incluir los síntomas físicos, los pensamientos y preocupaciones, y los comportamientos.[3] A algunas personas tímidas les preocupaban más los síntomas físicos (el rubor, la taquicardia y otros); a otras les afligían los pensamientos negativos y las preocupaciones. Y otras se quejaban de su carencia de aptitud para la vida social. Muchas padecían más de uno de los tres tipos de síntomas. La investigación me iba diciendo que la timidez se presenta con numerosos disfraces.

La timidez era un *síndrome*, un conjunto de síntomas que variaban de un individuo a otro. El empleo de un método diseñado para combatir los síntomas físicos de la timidez no podía ayudar a una persona que tiene un crítico dentro de su cabeza diciéndole continuamente que es un fracasado social. Así, practicar relaciones sociales no acabaría con la sensación estomacal de ciertos tímidos. Un tratamiento eficiente debería incluir medidas y terapias específicas para cada tipo de timidez.

Al entrar por la puerta que había abierto Zimbardo, pasé muchas horas inmerso alegremente en la búsqueda de todo lo posible respecto de la timidez. En 1983 la timidez comenzó a recibir la atención del país cuando presenté un estudio nuevo en el que demostraba la existencia de un componente genético en ella.[4] Pensé que la fama de la timidez terminaría pronto. Pero no fue así. En el transcurso de los años, continué siendo llamado por escritores de diarios y revistas que querían entrevistarme y por terapeutas interesados en conocer las últimas investigaciones sobre los tratamientos de la timidez.

Hasta hace poco tiempo, la totalidad de la investigación de la timidez apenas hubiera cubierto un artículo periodístico, no digamos ya un libro. El estudiante recién licenciado, que hoy quisiera saber algo sobre la timidez, no tendría dificultades para encontrar todo lo que se ha investigado sobre el tema.[5] En los últimos diez años, mi propia investigación y las de otros psicólogos han conducido a nuevos conocimientos. Y cada nueva parcela de conocimiento sobre la timidez ha llevado a mejores métodos para superarla.

Ha llegado el momento en que usted, la persona normalmente tímida, tenga acceso a esos nuevos conocimientos. Como podrá ver en la siguiente lista de hechos, la timidez tiene numerosas facetas:

- La timidez es una reacción emocional temporal producida por el encuentro con gente y situaciones nuevas.
- La timidez se convierte con frecuencia en una parte integral de identidad de una persona y una "razón" para que se retraiga de la vida social.
- Algunas personas tienen una predisposición genética hacia la timidez.
- Los síntomas físicos de la timidez incluyen el rubor, la sudación, los temblores y un ritmo cardíaco acelerado.

- La gente tímida tiende a subestimarse y se aflige ante la idea de no ser apta para la vida social.
- Las personas tímidas son sus peores críticos y se exigen altos niveles de desarrollo personal.
- La timidez tiene un aspecto conductista: algunos tímidos no saben qué decir ni qué hacer en la vida social.
- La gente tímida suele ser solitaria. Tienen pocos amigos de confianza y salen a pasear con menos frecuencia que las personas que no son tímidas.
- La gente tímida gana menos dinero y tiene más dificultades para adelantar en su carrera.

No se deje impresionar por esta lista. Nadie está condenado a ser tímido. Si está cansado de ser una humilde violeta, siga leyendo. En los capítulos siguientes le ayudaré a determinar su tipo de timidez y a comprender los resultados de las últimas investigaciones sobre el tema. Ayudado por esta información y los pasos prácticos que podrá dar para superar la timidez, podrá diseñar su propio programa para abandonar las limitaciones de su vida como "flor arrinconada". En el libro encontrará también los relatos de algunas personas tímidas, de sus propias situaciones y emociones. Evidentemente, hemos usado otros nombres y cambiado algunos detalles personales para proteger la intimidad de esas personas.

Superar la timidez puede hacerle sentir como si librara una guerra consigo mismo. ¡Pero es una guerra que *puede* ganar!

I

LOS FUNDAMENTOS
PARA SUPERAR SU TIMIDEZ

1
Comprenda su timidez

El hermoso enclave verde del Wellesley College, con su césped bien cuidado y su ambiente idílico, parece inventado para desalentar a la timidez. El estrés y el desafío, que suponen las universidades urbanas, parecen aquí muy lejanos. El paisaje tranquilo de Wellesley parecería que debería alentar a la más reticente flor arrinconada a dar un paso adelante y florecer realmente.

Pero las apariencias pueden resultar decepcionantes. Hace cinco años Wellesley me pidió que colaborara en la organización de un grupo de ayuda a los tímidos. Desde los estudiantes, tan talentosos y privilegiados, hasta las jóvenes que asisten a esta prestigiosa facultad, luchan con la timidez, como lo ilustran sus comentarios:

Chris:

—Cuando era niña, lloraba cuando alguien me dirigía la palabra. Me sacaron del jardín de infancia por ese motivo. Ahora estoy en la facultad y, ya sea en el dormitorio o en la clase, todavía me ruborizo y el corazón me late con fuerza cada vez que hablo con otras personas. Siempre estoy tan preocupada con esas manifestaciones físicas que no puedo pensar en otra cosa.

Linda:

— Fui consciente de mi timidez cuando estaba en la escuela secundaria. No tenía muchas amigas y pasaba mucho tiempo sola. Hasta hoy tengo dificultades para hablar cómodamente con la gente, porque siempre soy consciente de mi persona y sé que en gran medida eso proviene de la poca autoestimación.

Joanne:

— No sé qué decirle a la gente, cómo iniciar una conversación. Cuando

17

estoy con un grupo, acabo siempre mirando el suelo. Quisiera charlar y poder contar un chiste, pero no se me ocurre nada interesante que decir.

Estas tres personas describen la timidez de tres formas diferentes. Chris dice que ha sido tímida desde pequeña y que lo que más le molesta son los síntomas físicos. Linda descubrió su timidez durante su adolescencia y piensa que gran parte de ella proviene de la poca autoestimación. Y Joanne atribuye su timidez a la carencia de aptitudes para la vida social.

¿Son tímidas las tres? Sí. Aunque las tres describan el problema de forma diferente, las tres son tímidas. Eso es porque la timidez no supone una única respuesta a las situaciones sociales. La timidez es un síndrome, una interacción compleja de sentimientos, pensamientos y conducta[1]. Usted puede ponerse colorado, o preocuparse o ambas cosas. Y tanto si se ruboriza como si se preocupa, puede sentir que le faltan aptitudes para la vida social.

¿QUE ES EL COCIENTE DE TIMIDEZ?

Un día, después de dar una clase sobre la timidez, me encontré en mi despacho con una de mis estudiantes de primer año. Susan me dijo que ella se consideraba "tímida errática", explicándome que a sus amistades del lugar donde vivía su familia, ella les parecía sociable, pero que, en realidad, se sentía tímida en algunas circunstancias. Le resultaba muy difícil hacer nuevas amistades en la facultad. Susan exclamó llena de frustración:

— Profesor Cheek, me resulta casi imposible conocer personas nuevas o demostrar que me interesan. ¿Cómo es que en algunas circunstancias me siento totalmente relajada y en otras soy una verdadera flor arrinconada?

Le expliqué que no le sucedía nada raro, que existen diferentes grados de timidez. Hay personas que se sienten siempre tímidas —hasta con los miembros de la familia— y otras, como ella, que sólo experimentan la timidez en ciertas situaciones. Y si bien la timidez es solamente una reacción temporal, tienen gatillos previsibles que la disparan. Al decirle yo cuáles eran esos gatillos, Susan asentía a medida que yo iba enumerándolos: los extraños, las situaciones sociales nuevas, las autoridades, los miembros del sexo opuesto.

Quizás usted sienta timidez cuando está frente a un vendedor, un médico o su jefe. O tal vez el gatillo sea esa empleada nueva, atractiva, que le envía disparado en sentido contrario cuando se la encuentra en el pasillo. Cualquier cosa que eleve su cociente de timidez, es una indicación de la intensidad de su timidez en el ejercicio siguiente.

Determine su cociente de timidez

Instrucciones: Lea cada párrafo con mucha atención y piense hasta qué punto es propio de sus sentimientos y conducta. Anote junto a cada párrafo el número que le asigne según la escala que sigue:

1 no característico o falso; está totalmente en desacuerdo
2 no característico
3 neutro
4 aracterístico
5 muy característico o verdadero; está totalmente de acuerdo

4 — Me siento tenso cuando estoy con personas que no conozco bien.
3 — Me resulta difícil pedir información a otros.
4 — Suelo sentirme incómodo en fiestas y otras reuniones sociales.
5 — Cuando estoy en grupo, tengo dificultad para pensar lo que tengo que decir.
8 — En una situación nueva, me lleva mucho tiempo superar la timidez.
7 — Me cuesta actuar con naturalidad cuando estoy con gente que no conozco.
3 — Siento nervios cuando debo dirigirme a una autoridad.
3 — Dudo de mi competencia social.
4 — Me cuesta mirar a alguien a los ojos.
3 — Me siento inhibido en situaciones de la vida social.
4 — Me cuesta hablar con desconocidos.
5 — Siento mayor timidez con los miembros del sexo opuesto.

Ahora sume los puntos. Si ha sumado más de 45, usted es una persona muy tímida. Si la puntuación está entre 31 y 45, usted es algo tímida. Si ha sumado menos de 31, es probable que no sea una persona tímida aunque puede sentirse así en una o dos situaciones. La mayoría de la gente tímida obtiene puntuaciones superiores a 35 y sólo muy pocas personas llegan a la puntuación máxima de 60.[2]

Usted puede descubrirse pensando: "Soy más tímido de lo que creía. Nunca seré feliz". No es así. La lección importante que puede aprenderse con este ejercicio es que cuanto más tímido sea, más paciencia deberá tener consigo mismo porque tiene por delante una tarea por cumplir más ardua que la persona que es sólo un poco tímida.

Sin tener en cuenta la puntuación que ha obtenido en el ejercicio, le consolará saber que no está solo. Los estudios han revelado que *entre 80 y 96 millones de norteamericanos son tímidos.*[3] Cuatro de cada diez de nosotros admite cierto grado de timidez. Cuatro de cada diez en la fila del supermercado; las dos quintas partes de los feligreses de su iglesia; el cuarenta por ciento de sus compañeros de trabajo. Todos son tímidos.

O piénselo de esta manera: ¡Sólo el siete por ciento de los norteamericanos dice que *nunca* ha sentido timidez!

¿QUE CLASE DE PERSONA TIMIDA ES USTED?

Para superar la timidez tiene que conocer algo más que su grado de timidez. Debe llegar a la fuente del problema determinando en qué grupos de tímidos está usted. ¿Es usted un tímido con molestias físicas, pensamientos angustiosos y preocupaciones, o afligido por la falta de dones para la vida social?

Cuando conteste las preguntas que siguen, imagínese en la situación social que le hace sentir más timidez. Puede ser una cita, en una fiesta, o en medio de las presentaciones cuando se ha incorporado a un lugar nuevo. Véase mentalmente tan vívidamente como sea posible y pregúntese: ¿Estoy colorado, sudando o temblando? ¿Estoy preocupado por la impresión que estoy dando a los demás? ¿Estoy evitando el contacto visual mirando al suelo?

Su tipo de timidez

Instrucciones: Más adelante se describe cada grupo de síntomas de timidez. Lea cada tipo y luego haga un círculo alrededor de lo que se corresponde con lo que a usted le ocurre.

■ Molestias físicas

Sensación estomacal, latidos fuertes, rubor, mayor número de pulsaciones, sequedad en la boca, sudor o temblores. Cualquier tensión o incomodidad física general.

La molestia física es un aspecto de mi timidez:

1. Nunca   4. Comúnmente
2. Raramente   5. Siempre
3. A veces

■ Pensamientos angustiosos y preocupaciones

Pensar en la situación en que se encuentra (por ejemplo: lo terrible que es que usted quiere irse); preocuparse por lo que los otros estén pensando de usted y por la impresión que está produciendo; sentirse inseguro y consciente de sí mismo.

Los pensamientos angustiosos y las preocupaciones son un aspecto de mi timidez:

1. Nunca   4. Comúnmente
2. Raramente   5. Siempre
3. A veces

■ Falta de aptitudes sociales

Acciones visibles que indican a otros su propia timidez: gestos nerviosos, dificultad para hablar, incapacidad para hacer contacto visual o simplemente evitar la interacción con los demás. La falta de aptitudes sociales es un aspecto de mi timidez:

1. Nunca   4. Comúnmente
2. Raramente   5. Siempre
3. A veces

Ahora clasifique los síntomas de su timidez. Suelen tenerse síntomas de cada uno de los grupos pero raramente con la misma intensidad. Si usted ha trazado un círculo alrededor del mismo número para dos descripciones (o tres), medite y vuelva a calificar cada categoría.

1 = lo más grave   2 = menos grave que 1   3 = lo menos grave

Molestias físicas   3
Pensamientos angustiosos/preocupaciones   1
Falta de aptitudes sociales   2

¿Cómo le ha ido? ¿Qué tipo de timidez le molesta más? ¿Sólo le molesta un tipo de timidez o más de uno? Más de la mitad de las personas tímidas que han llenado este formulario clasificaron los pensamientos angustiosos y las preocupaciones como el síntoma principal de su timidez. El resto se divide a partes iguales entre las personas que citan las molestias físicas y la falta de aptitudes sociales. Y la mayoría de los tímidos dice que, en ocasiones, su problema se manifiesta en más de un tipo de síntoma[4].

Si a usted le molesta más de un síntoma de timidez, ataque primero al más fuerte y luego al siguiente.

Con frecuencia, en el curso del libro, le pediré que dé un paso atrás y se contemple de forma crítica. Mi objetivo no es convertirlo en juez sino aumentar la exactitud de la percepción que tiene de sí mismo. Cada vez que usted se esfuerza por responder a una de mis preguntas, agrega forma y color a su timidez. Su timidez comienza a tomar una forma definida; quizá por primera vez empieza a "ver" su timidez. La exactitud y los detalles llevan al cambio beneficioso. "Cuando me presentan a miembros del sexo opuesto siento una sensación en el estómago y me sudan las manos" es una autoevaluación mucho más valiosa que "soy tímido con las personas que acabo de conocer". En el primer caso se identifica una situación determinada, con personas determinadas. Por consiguiente usted está orientado en la creación de su propio programa dirigido a sus síntomas y situaciones exactos. La segunda observación es tan vaga que no resulta útil.

TIMIDEZ TARDIA —*VERSUS*— TEMPRANA

Al comienzo de este capítulo, Chris contaba que sentía timidez desde pequeña y que sus síntomas eran sobre todo físicos. En ella la timidez se desarrolló temprano. En cambio Linda, que empezó a ser tímida en la adolescencia, es una persona con timidez tardía.

La distinción entre la timidez tardía y la temprana es importante porque sus síntomas suelen ser diferentes[5]. La timidez temprana se produce en las personas nacidas con un sistema nervioso sumamente sensible. En ellas, la excitación física es la reacción típica ante las situaciones nuevas o estresantes. Recuerden que Chris decía que lloraba cuando alguien le hablaba. Su sistema nervioso reaccionaba excesivamente a las personas y lugares nuevos. Aunque Chris ya no se echa a llorar cuando le presentan a alguien, se "ha adaptado" y, en lugar de llorar, enrojece y su corazón late con mayor intensidad. No es sorprendente que Chris siga siendo tímida: hay evidencias de que la timidez temprana tiene un componente genético (véase más sobre este tema en el capítulo 2).

Durante los tormentosos años de la adolescencia empezamos a formar nuestra identidad de adultos y nuestra autoestima oscila como un barco en pleno oleaje. En aquel período, Linda empezó a manifestarse tímida. Si bien es difícil encontrar un adolescente que no haya sido tímido en algunas circunstancias, la mayoría de los adolescentes que *no* fueron tímidos durante su infancia, superan la timidez del adolescente. Pero a veces, como en el caso de Linda, persiste en la edad adulta. Nuestra autoestimación continúa su viaje en·el barco oscilante y nos mantenemos constantemente evaluando nuestra pericia social. Se establece entonces la timidez, y la preocupación por cómo nos perciben los demás se convierte en el centro de nuestra interacción social.

Ahora fíjese cómo ha calificado su tipo de timidez. ¿Experimenta más síntomas físicos de timidez? ¿Su timidez se desarrolló a temprana edad? ¿Son los pensamientos angustiosos y las preocupaciones su problema principal? ¿Es un tímido tardío?

Aproximadamente la mitad de las personas tímidas lo han sido toda la vida y la otra mitad ha empezado a ser tímida en la adolescencia. Pero supongamos que usted haya calificado de forma muy similar las molestias físicas y los pensamientos angustiosos y las preocupaciones: ¿Cómo decide si es un tímido temprano o tardío?

Trate de recordar la primera vez que sintió timidez. ¿Qué edad tenía? Podría preguntar a sus familiares si era tímido cuando gateaba. Si sus primeros recuerdos de manifestaciones de timidez datan de cuando tenía menos de ocho años, sobre todo si tiene síntomas físicos molestos de timidez, entonces su timidez es temprana. Pero si los primeros recuerdos de su timidez se sitúan entre los ocho y catorce años, su timidez es tardía.

¿VALE LA PENA EL ESFUERZO?

Está bien. Ya ha identificado sus síntomas y el grado de su timidez. Ahora ha llegado el momento de la gran decisión: ¿Quiere terminar con su timidez?

¿Está preparado para aspirar hondo y comenzar a cambiar?

¿Desea dedicar tiempo, energía y valor a los ejercicios de este libro?

¿Está decidido a no tener en cuenta los pequeños fracasos porque sabe que finalmente triunfará?

Aquí puede detenerse si quiere. Puede usar el conocimiento que ha adquirido sobre su timidez y limitarse a pensar: "Bueno, sé más sobre mi timidez de lo que sabía antes. Me entiendo un poco mejor y me conformo con eso".

Muy bien, pero antes de renunciar piense en los cinco aspectos de la vida con los que tendrá que luchar si decide seguir al margen.

Número 1: El ser humano necesita la compañía de otros. Somos una

23

especie social. Mire a su alrededor. ¿Cuántas veces ha visto personas caminando por la calle cogidas de la mano? ¿Cuántas veces ha visto dos amigos tan dedicados a la conversación que ignoraban lo que ocurría a su alrededor? ¿Cuántas veces ha deseado formar parte de ese grupo de personas que ríen recordando una excursión en el verano o ha envidiado a los que gritan cuando adelantan a otros en la pista de esquí? Realmente nos gusta estar con otras personas[6]. Y sin embargo, también les tememos. Nuestro temor a los extraños es un modo de adaptación; no todos los que andan por ahí tienen buenas intenciones para con nosotros. Aunque no debemos confiar en cualquiera que se nos cruce en el camino, si nos negamos a toda relación estamos sentenciados a una vida de aislamiento. No siempre debe ser el otro quien salude primero, quien inicie la amistad. A veces *usted* tiene que tomar la iniciativa, sea o no tímido.

Número 2: En la civilización norteamericana va disminuyendo el trato personal. Norteamérica ha cambiado muchísimo desde la Segunda Guerra Mundial, yendo de lo familiar y personal a lo abstracto e impersonal. La sociedad norteamericana se caracteriza ahora por su gran movilidad y por ser muy competitiva, y está compuesta por los núcleos familiares y, cada vez más, por familias con un solo padre (padre o madre). No nos asombra que el sociólogo Vance Packard describa el país como una "nación de desconocidos". Se acabaron los días de los grandes vínculos familiares, de la comunidad de pueblo y de la vida dedicada a un único empleo. Puede que la timidez no haya aumentado ahora respecto de una o dos generaciones atrás, pero hoy día hay que hacer frente a situaciones y personas nuevas con una frecuencia que no soñaron nuestros abuelos. Nuestra vida urbana (a diferencia de lo que sucede en una granja o en un pueblo) hace muy poco por nuestra comodidad. Nada o ahógate, es actitud usual; con harta frecuencia la gente tímida se ahoga.

Número 3: Las consecuencias médicas de la soledad. Es un hecho que la persona tímida es más solitaria que aquellas gregarias. James Lynch asevera en *The Broken Heart* (El corazón roto) que "el aislamiento social y la soledad crónica contribuyen significativamente a la muerte prematura"[7]. Algunos investigadores modernos no están de acuerdo con esa opinión, pero admiten que la soledad puede tener efectos catastróficos en la salud.

Cuando nos sentimos solos podemos tratar de beber "para ahogar las penas" o simplemente nos deprimimos. El alcohol, como la depresión, pueden hacernos más vulnerables a las enfermedades somáticas. Eso no significa que uno tenga que afligirse si pasa cierto tiempo solo; gozar de la propia compañía es una experiencia diferente a la de pensar en sí mismo y decirse: "Me siento solo".

Número 4: La timidez no se cura sola. Zach, uno de los participantes en mi estudio, me dijo: "Me acuerdo que ya en primer grado yo miraba a los chicos que jugaban durante los recreos. Yo me quedaba junto al poste de la bandera y los miraba porque era demasiado tímido para ir a jugar. Las cosas no han cambiado mucho". El problema de Zach, tímido toda la vida, no es único. En uno de mis estudios medí cuán solos se sienten los estudiantes al principio y al final del semestre. Los que no eran tímidos, hacían amigos y se sentían menos solos al final del semestre. Los tímidos seguían sintiendo la misma soledad.[8] Los investigadores de la Dallas Child Guidance Clinic realizaron un estudio de seguimiento de chicos tímidos y descubrieron que de dieciséis a veintisiete años después casi todos eran personas calladas y retraídas.[9] La superación de la timidez temprana requiere intervención activa. No desaparece sola.

Número 5: El peor problema: ser mal entendido. Se lo han dicho un millón de veces: "Relájate, vas a pasarlo muy bien en la fiesta... Sé tu mismo..." "No te pongas nervioso durante la entrevista: demuéstrales lo que sabes..." "Si no llego puntual, espérame en el bar tomando una copa..."

Pero si sus amigos supieran qué torpe e incómodo se siente usted en una sala llena de gente desconocida, cómo se le traba la lengua cuando le entrevistan para un empleo y qué ajeno se siente sentado en un bar tomando una copa... Sus amistades pueden no entender su timidez. Ven en usted sólo lo que conocen y les gusta. Quizá piensen que es un poco callado, pero eso no es problema... usted puede comportarse en cualquier situación social. La gente que *no* le conoce, ve a otra persona. Se pregunta por qué no es algo más amistoso. Piensa que quizá usted sea un esnob, así que no le presta atención. Quizá usted es emprendedor. Pero los extravertidos sacan ventajas y dominan la conversación, impresionan bien al sexo opuesto, se hacen notar y logran los ascensos en el trabajo. En un mundo inestable no es fácil lograr la compasión y ayuda de los que no comprenden la timidez.[10] Es muy triste no ser comprendido.

Piense en lo que acabo de contarle. ¿Qué parece más difícil: vivir con la timidez a cuestas o dar los pasos para superarla? A una persona tímida, afrontar la vida le cuesta grandes cantidades de energía (por no hablar de frustración) ¿Por qué no canalizar esa energía para convertirse en una persona más segura y sociable?

Ahora respire hondo, reúna su valor y comencemos con el programa para superar la timidez.

Cómo usar este libro

He dividido al libro en dos partes. En la Parte I, "Fundamentos para superar su timidez", encontrará los capítulos que tratan sus síntomas específicos. En la Parte II, "Cómo aplicar su recién adquirida seguridad a la vida social", hablo sobre escribir guiones y los aspectos más amplios de la timidez al respecto de la amistad, el amor y la carrera.

Si usted tiene timidez temprana y le fastidian los síntomas físicos de la timidez, el capítulo 2 es el dedicado a usted. Aun si no tiene a menudo síntomas físicos creo que encontrará de gran ayuda los ejercicios relajantes del capítulo 2 para tranquilizar a su incansable crítico interior. Los capítulos 3 y 4 están dirigidos a los tímidos tardíos: los angustiados. Y a todos les vendrá bien el capítulo 5 para desarrollar las aptitudes sociales.

Pero antes de dar el salto voy a insistirle en dos cuestiones. La primera es que debe hacer los ejercicios en los capítulos que se enseñan. Me gustaría poder decir que, por el simple hecho de leer el libro, su timidez va a desaparecer como por arte de magia, pero usted y yo sabemos que eso no es cierto. Tiene que hacer los ejercicios y practicar, practicar y practicar. Concéntrese en cada ejercicio sin importarle el siguiente. Su objetivo debe ser dar un paso cada vez.

Lo segundo es que debe plantearse un objetivo. Un *objetivo realista* puede suponer la diferencia entre el éxito y el fracaso. Sin una meta es posible que se canse y renuncie. Pero con un objetivo adecuado, progresará un poco cada día, irá mejorando con un ritmo que le resultará cómodo.

LA GEOGRAFIA DE LA TIMIDEZ

¿Recuerdan a mi alumna Susan que era tímida en unas circunstancias y no en otras? Cada uno de ustedes tiene también sus propias situaciones de timidez. En el siguiente ejercicio van a identificar sus "gatillos" personales: los que disparan la descarga de timidez. Tómese tiempo para hacerlo porque los resultados van a ser importantes para los demás ejercicios. En los últimos capítulos volverán a este ejercicio y lo utilizarán para establecer las metas.

Sus situaciones de timidez

Instrucciones: Lea cada párrafo e imagínese en la situación descripta. ¿Está sintiéndose tímido? ¿Cómo está reaccionando? ¿Qué está haciendo? Señale con una marca su situación de timidez. En el espacio que sigue al enunciado *anote su reacción típica* (por ejemplo: latidos más fuertes, pensamientos angustiosos, etc.) en esa situación. No deje que esta lista le limite: agregue sus situaciones de timidez que no figuren en ella.

Siento timidez cuando...

- ☐ me presentan a alguien, me presento o presento a alguien. ————————
- ☐ expreso mis opiniones, hablo de mí y de lo que me interesa. ————————
- ☐ hablo con autoridades (supervisor, maestro, médico) ————————
- ☐ conozco gente nueva. ————————
- ☐ estoy en una reunión social con muchos desconocidos. ————————
- ☐ hablo en un grupo. ————————
- ☐ hablo por teléfono, sobre todo con alguien que no conozco ————————
- ☐ pido ayuda a un vendedor. ————————
- ☐ me entrevistan para un empleo. ————————
- ☑ hablo con alguien que me atrae. *nervios, no se q decir, me menos valoro*
- ☐ estoy con personas muy populares, poderosas o atractivas. ————————
- ☐ salgo solo ————————
- ☑ trato de mantener una conversación. *pienso que doy mucho juego*
- ☐ me dejan a solas con un nuevo amigo o alguien me atrae. ————————
- ☐ me arreglo para ir a algún lado. ————————
- ☐ recibo un elogio. ————————
- ☐ conozco un nuevo jefe o supervisor. ————————
- ☐ hablo frente a más de una o dos personas. ————————

☐ empiezo en un nuevo empleo. _____

☐ trato de conocer mejor a alguien. _____

☐ hago compras solo. _____

☐ viajo en autobús o en metro. _____

☐ hago contacto visual. _____

☐ voy a ser evaluado. _____

☐ la situación exige una conducta segura. _____

☐ se espera que sea el anfitrión. _____

☐ quiero decir no. _____

☐ veo a un conocido en un lugar público. _____

☐ salgo con alguien del sexo opuesto. _____

Agregue sus propios "Siento timidez cuando..." y describa sus reacciones típicas ante cada situación.

Ahora vuelva al ejercicio y clasifique cada situación desde la más hasta la menos temible, con el número 1 la peor, la siguiente con 2 y así sucesivamente hasta calificarlas todas. Cuando haya terminado tendrá un buen cuadro de sus situaciones de timidez. Al hacer los ejercicios de los últimos capítulos y volver a esta lista, siempre querrá empezar con la situación menos terrible para usted.

Como parte de este programa, usted manejará un cuaderno que sugiero lo titule "cuaderno de autodesarrollo". Es nada más que para usted. Para proteger su intimidad, acaso desee completar todos los ejercicios en el cuaderno, aun aquellos que tienen espacio para escribir. (Entonces puede dejar el libro a la vista de todos sin preocuparse por que alguien lo hojee y vea lo que usted ha escrito.) Una buena manera de iniciar el cuaderno es escribiendo en orden sus situaciones de timidez del ejercicio que acaba de hacer.

OBJETIVOS: LA CLAVE PARA VENCER A LA TIMIDEZ

Un aspecto importante de los ejercicios de cada capítulo es establecerse objetivos, anote sus objetivos en el cuaderno de autodesarrollo, y tenga en cuenta sus pensamientos y sentimientos mientras lo hace. A medida que vayan transcurriendo los meses, puede repasar el cuaderno y controlar lo que ha mejorado.

Ya que la fijación de objetivos es un ingrediente crítico para superar la timidez, sin tener en cuenta qué clase de persona tímida es usted, debe aprender a establecerlos. Eso significa convertirse en un observador riguroso de usted mismo. En los capítulos que tratan aspectos concretos del síndrome de la timidez se da por sentado que usted domina ese tema. Algunos de los pasos podrán parecerle aburridos, incluso tontos, pero hasta que se acostumbre al programa, *debe seguir los pasos exactamente como se indican a continuación:*

1. Defina su objetivo.

2. Observe su conducta en el punto de partida: la forma como piensa y actúa ahora.

3. Divida el objetivo en una serie de etapas plausibles.

4. Numere las etapas para poder seguir su progreso.

5. Recompénsese cuando termine triunfante una etapa.

Cuando se reduce el objetivo a un esquema puede parecer asombrosamente simple. No se engañe. Para que el sistema funcione se requiere que usted sea un agudo observador de su comportamiento (lo que puede constituir una experiencia totalmente nueva) y que equilibre sus aspiraciones con su nivel actual de angustia.[11]

Veamos el progreso en términos concretos. Sam es un programador de ordenadores de veinticuatro años, tímido, que recientemente ha cambiado de empleo. Casi todos los días almuerza con sus compañeros de trabajo en una mesa larga, en la cafetería de la empresa. Si bien está rodeado por personas evidentemente amistosas, rara vez intercambia más que unas pocas palabras con sus colegas.

¿Cuál es el objetivo de Sam? (Paso 1) Sam ansía formar parte del grupo, ser capaz de conversar con facilidad con sus compañeros. Anota esa meta en su cuaderno.

¿Cómo actúa y piensa Sam en realidad durante el almuerzo? (Paso 2) Esto es mucho más difícil de contestar. Por un lado la respuesta requiere que Sam actúe como detective vigilándose a sí mismo en los momentos en que se siente más incómodo. Sam ya conoce suficientemente el tema para admitir que limitarse a escribir "me siento tímido durante el almuerzo" es algo demasiado vago y no va a ayudarlo. Pero, por lo menos, los ejercicios relajantes del capítulo 2 le han capacitado para empezar a formularse preguntas importantes. ¿*Cómo* se manifiesta, exactamente, su timidez? ¿Tiene síntomas físicos? Si así fuera, ¿cuáles son? Quizá su timidez esté más relacionada con los procesos del pensamiento que con los síntomas físicos. ¿En qué piensa durante el almuerzo? ¿Cuándo aparecen los síntomas físicos/pensamientos/sentimientos? ¿En cuanto entra en la cafetería, cuando alguien dice "hola", cuando le hacen una pregunta?

Sam se ha hecho las mismas preguntas en otras ocasiones y ha comparado las respuestas en días diferentes hasta que empieza a surgir una pauta. Advierte, por ejemplo, que empiezan a sudarle las manos y los pies cuando George, el supervisor de su departamento, dice "hola". Y entonces hay una escalada de síntomas (palpitaciones y sequedad de la boca) cuando piensa conversar con Kathy, la joven e inteligente programadora que fue contratada al mismo tiempo que él.

Observarse puede requerir mucho tiempo y resultar frustrante pero es un paso que hay que dar. Sam, una persona tímida motivada por los ideales, registra fielmente todas sus observaciones en el cuaderno de autodesarrollo.

Entonces Sam divide el objetivo en pasos plausibles. (Paso 3) Hablando claro, no hay que ponerse en la boca más de lo que se puede masticar. Siguiendo la regla "un pasito cada vez", Sam divide el objetivo final en pequeños objetivos a corto plazo, les asigna prioridades (Paso 4) y los registra en el cuaderno. Y aquí están las metas que se propuso para la semana siguiente.

En los almuerzos de esta semana:

1. El lunes le diré "hola" a George antes de que él me salude.

2. Durante todos los días siguientes, saludaré a otra persona llamándola por su nombre.

3. El viernes le preguntaré a Kathy cómo anda con el nuevo proyecto del *software*.

Los objetivos de Sam para la primera semana pueden parecer poco ambiciosos. No es así. Esos pequeños pasos de Sam están bien determinados y apuntan directamente hacia el objetivo final que es participar con facilidad y libertad en la conversación durante la hora del almuerzo. Sam ha ordenado inteligentemente el camino hacia el gran objetivo en tramos muy cortos que podrá ir recorriendo. Si el programa demuestra ser demasiado fácil, siempre puede proponerse otro más difícil. Las personas que se plantean objetivos inalcanzables, con la expectativa de acortar el proceso forzándose al cambio de comportamiento, suelen renunciar y sentirse frustradas. Si un objetivo parece imposible, cambie de estrategia y no someta a juicio sus aptitudes. Eso significa que tendrá que proponerse tramos más cortos en el camino. Por ejemplo, es probable que el tercer paso de Sam sea un poco prematuro en vista de lo tímido que se siente frente a Kathy. Si así fuera, debería dividirlo en pasitos más pequeños.

Sam se recompensa con frecuencia. (Paso 5) Al final del primer día decide entrar en su tienda de discos favorita y comprarse dos discos nuevos. Esa es una buena recompensa por haber salido de la cueva y haber empezado a hacer algo para comprender y superar su timidez. Después de la gran recompensa por el "primer día", las que siguieron tras cumplir cada pasito fueron mucho menos importantes, como una palmada mental en la espalda. Por las noches en su casa, Sam anota cuidadosamente sus progresos en el cuaderno de autodesarrollo. Al terminar la primera semana se toma el sábado libre, haciendo lo que quiere (¡ni tareas ni compromisos!) por haber cumplido bien lo que se había propuesto.

Las recompensas pueden ser cualquier cosa que proporcione placer y alegría: un libro, un disco, ver una película, son cosas adecuadas por haber recorrido un corto tramo hacia el objetivo final. Reserve las grandes recompensas, las cosas que raramente hace, para los grandes logros.

Puede tratarse de una cena en un restaurante caro o un fin de semana en el campo; esas grandes recompensas requieren grandes éxitos.

Con una semana de triunfos en el bolsillo, Sam se plantea intervenir en las conversaciones del mediodía. Durante el fin de semana escribe sus nuevos objetivos que podrían ser los siguientes:

1. Todos los días durante el almuerzo voy a hacer por lo menos una pregunta relacionada con lo que alguien esté diciendo.

2. Durante la conversación expresaré mi opinión sobre un tema de discusión, por lo menos.

Decide ir aumentando el número de preguntas de uno a cinco y las opiniones de uno a cuatro. En el almuerzo del lunes, Sam se aturde entre la pregunta que formula y la opinión que se ha propuesto dar. Esa noche en su casa se da cuenta de que se ha propuesto objetivos demasiado difíciles y que, si no los ajusta, va a producirle frustración. Entonces modifica el objetivo a una pregunta diaria. Aumentando *gradualmente* el tiempo que habla, Sam puede, después de varios meses, participar de las conversaciones con naturalidad, sin pensar en el número de preguntas ni de opiniones. Usted puede ver cómo la práctica en la planificación le condujo a sentirse mejor y a poder actuar naturalmente con los demás.

He utilizado el caso de Sam para explicar las bases de la formulación de los objetivos. En los capítulos que tratan los síntomas específicos, hago sugerencias concretas para crear la rutina del proceso que convenga a sus necesidades. Según su objetivo y situación, ordenará los pasos de forma diferente. Por ejemplo, si sabe que no puede mantener una conversación con un conocido durante más de dos minutos, el objetivo podría ser ir aumentando el tiempo de conversación, gradualmente, hasta diez minutos.

Recuerde que debe recompensarse por lograr el objetivo. Si desea algo caro como recompensa, use monedas o fichas de póker como recompensas intermedias hasta completar el valor de la cara. Normalmente el sistema funciona mejor cuanto menos tiempo pasa entre el logro y la recompensa. Por consiguiente, es posible que descubra que para mantener su motivación necesita una pequeña recompensa diaria. Puede ser algo tan simple como permitirse media hora ininterrumpida para leer un libro, escuchar música o caminar. Experimente qué recompensas le resultan agradables y qué intervalos le resultan idóneos entre las recompensas hasta que sienta que ha establecido un sistema válido para usted.

Resumimos el proceso de la formulación del objetivo:

1. Describa el objetivo con precisión.

2. Si no puede lograrlo, divídalo rápidamente en pequeños pasos.

3. Recompénsese proporcionalmente según lo logrado.

4. Resista la tentación de tratar de cambiar de un día para el otro.

Ya tiene las herramientas fundamentales para comenzar su programa para superar la timidez. Ha respondido cuidadosamente los cuestionarios, identificado sus síntomas específicos y hecho la lista de las situaciones en que se siente más nervioso. Por último, ha aprendido a llevar un cuaderno y tiene una buena idea de cómo plantearse objetivos.

Hasta ahora le he pedido que interprete el papel de observador de su timidez. En el capítuo siguiente empezará a trabajar activamente en el cambio de su comportamiento, aprendiendo a relajarse.

2
Técnicas de relajación
para superar los síntomas físicos

"DICE QUE LA TIMIDEZ ES NECESARIA"... ¿SIENTE LA TIMIDEZ? ¡ECHELE LA
CULPA A MAMA Y PAPA! ... "NACIDO PARA SER TMIDO"...

Esos fueron algunos de los títulos de artículos escritos aludiendo a mi
investigación sobre aspectos genéticos de la timidez. ¡Me hicieron encoger!
Creo que nada es más dañino que hacerle creer a la gente que no tiene
defensas debido a su estructura biológica. En un pequeño porcentaje de la
población, la genética contribuye a la timidez. Pero, ¿acaso debe renunciar
a la esperanza de cambiar? ¡De ninguna manera! Usted puede haber
heredado una tendencia a la timidez y tanto su educación como algunas
experiencias en la vida pueden haber fortalecido esa tendencia, pero
depende de usted la decisión de cambiar y no seguir siendo la tímida
violeta eternamente.

EL TEMPERAMENTO TIMIDO

Todos conocemos a alguna persona exaltada que pierde los estribos por
cualquier cosa. Si hablara con sus padres sabría que tuvo mal carácter
desde que era un bebé. La timidez, como el temperamento irascible, puede
ser una modalidad heredada: predisposiciones biológicas para comportarse
de cierta manera.

Los padres que tienen dos o más niños saben exactamente lo que es un
temperamento heredado: casi desde el primer día los niños tienen
personalidades distintas. Algunos bebés tienen cólicos, son inquietos y se
asustan con facilidad; otros aprenden sin problemas la rutina diaria de
alimentarse, dormir la siesta y jugar. Y otros sienten temor ante los
lugares y personas nuevos y tardan más tiempo en adaptarse a los

cambios, desde los cambios de ambiente hasta los de alimentación y juego.[1] La investigación actual sugiere que un quince por ciento de los norteamericanos tiene una tendencia hereditaria a la timidez. Ese es el temperamento tímido.

Si usted tiene temperamento tímido, sabe perfectamente cómo éste se manifiesta. Ahí está usted participando en una actividad nueva o con gente que no conoce bien. ¡Paf! Su corazón empieza a palpitar con más fuerza y, aunque usted no lo sepa, sus pupilas se dilatan por el temor. El organismo inicia una reacción de estrés. Hay sensaciones estomacales, la boca parece llenarse con algodón justo cuando pretende decir algo; le sudan las palmas y le tiemblan las manos.

¿Cuál es su primera reacción? Alejarse de las personas que no conoce bien y de los ambientes nuevos, mezclarse con los muebles. Pero no debe pensar que es una persona rara por tener esas reacciones físicas violentas ante las situaciones y personas nuevas. La investigación realizada con mellizos ha demostrado que heredamos nuestro temperamento.

Trabajando con el genetista conductista Alan Zonderman, apliqué el conocimiento científico que se tiene de los mellizos en uno de mis estudios para averiguar si la timidez es un rasgo heredado.[2] Estudié más de ochenta pares de mellizos y descubrí que en ciertas personas existe un factor genético de timidez. Al llenar un cuestionario parecido al del capítulo 1, los mellizos idénticos y fraternos de mi estudio mostraron diferencias en el grado de timidez. Si un mellizo fraterno era tímido, eso no significaba que el otro también debía serlo. Pero si un mellizo idéntico era tímido, el otro también tenía igual tendencia a la timidez. Como los gemelos o mellizos idénticos son genéticamente iguales, deduje que, en parte, la timidez es heredada.

Se han realizado algunos otros estudios de la timidez con mellizos entre las edades de dos meses a cincuenta y cinco años.[3] Esos estudios han demostrado que la timidez es el rasgo de la personalidad en que la herencia tiene más influencia; que ese tipo de timidez comienza en el primer año de vida (por lo común en la segunda mitad) y que, a menos que se den los pasos para superarla, va a continuar durante toda la vida.

LA NUEVA INVESTIGACION SOBRE LA TIMIDEZ

Uno de mis últimos estudios proporciona claves en cuanto a los aspectos biológicos de la timidez. Me sentí intrigado por el estudio de los bebés que reaccionan mucho físicamente ante personas y situaciones nuevas, realizado por el psicólogo Jerome Kagan, de Harvard. Kagan descubrió que cuando esos niños llegaban a la edad de cinco años, sus madres y las maestras de párvulos les describían como tímidos. Me fascinó que Kagan también notara que era más frecuente que esos niños tuvieran ojos azules que marrones.[4]

Decidí investigar la diferencia en el color de los ojos en un grupo de varios cientos de estudiantes universitarios blancos para ver si los síntomas físicos continuaban apareciendo en la vida con posterioridad. Los estudiantes con ojos azules tienden a tener más síntomas físicos de timidez que los estudiantes con ojos marrones.[5] Los investigadores sospechaban que la melanina que da color oscuro a los ojos está ligada a la química cerebral que controla la sensibilidad del sistema nervioso. Los ojos azules no son causa de la timidez pero parecen actuar como "señal" en la tendencia a tener un sistema nervioso extremadamente sensible. (Tengan presente que en la investigación se vio que también hay tímidos de ojos marrones.)

Si bien los resultados de este estudio son preliminares, entusiasman porque proporcionan evidencia de que nuestras diferencias individuales de personalidad están determinadas en parte por la estructura biológica. Pero no se trata de naturaleza *versus* educación sino de la interacción entre ellas, lo que explicará el desarrollo de nuestra personalidad y conducta.[6] Consideremos la estatura, por ejemplo: los genes solos no determinan nuestra estatura; el ambiente también influye. Por ejemplo, desde el final de la Segunda Guerra Mundial, la mejor nutrición en Japón hizo que aumentara la altura promedio de los japoneses en unos ocho centímetros.[7] La dieta mejor en Japón permitió que los genes masculinos actuaran con toda su potencia.

APRENDER A TENER MIEDO

Para ver cómo interactúa la naturaleza con la educación en el desarrollo de la personalidad, podemos referirnos al estudio hecho por el famoso psicólogo John B. Watson.

En la década de los años veinte, Watson dirigió una serie de experimentos con un bebé de nueve meses llamado "El pequeño Albert", que demostró que nuestros temores son aprendidos[8]. Albert era el sujeto perfecto para la experimentación porque en su corta vida había tenido pocos encuentros con animales, así que no tenía recuerdos de ellos ni positivos ni negativos.

Watson colocó a Albert en una habitación y le mostró un conejito blanco. La primera reacción del bebé fue de curiosidad: trató de tocar al conejo. Entonces Watson y su ayudante abandonaron la habitación llevándose el conejo y Albert siguió jugando con sus cubos. Poco después, regresó el asistente de Watson y colocó el conejo cerca de Albert quien se acercó ansiosamente a su amigo peludo. Esta vez, cuando Albert tocó el conejo, Watson, que estaba detrás de Albert, golpeó una barra de acero con un martillo. El ruido asustó a Albert que empezó a llorar, a quejarse; parecía muy asustado.

Watson repitió el experimento dos veces más. Cuando le llevaron el conejo a Albert por tercera vez, gritó de miedo al verlo. Watson ya no necesitaba golpear con el martillo para asustar al bebé. Albert ya había asociado el conejo blanco con los ruidos que lo sobresaltaban. Aun cuando no era el conejo el que producía los espantosos ruidos, por asociación se convirtió en algo temido.

Watson continuó sus experimentos y pronto descubrió que Albert se asustaba ante cualquier animal peludo. Hasta tenía miedo de un abrigo de piel, una alfombra y la barba blanca de Papá Noel. Su reacción de miedo al ruido fuerte se había asociado a todos los animales y objetos que se asemejaban al conejo, aunque antes nunca les hubiera tenido miedo. En la actualidad no sería ético repetir ese experimento, pero pueden saber, por él, cómo nuestras reacciones naturales se convierten rápidamente en miedo.

UNIENDO TODO

Muchas personas, aun las que no se consideran tímidas, experimentan excitación física cuando se encuentran en situaciones nuevas. La diferencia reside en la interpretación que hacen de la excitación. Las personas no tímidas notan la excitación y la atribuyen a las circunstancias. No dejan que la taquicardia o los nervios les impidan hacer lo que quieren. Para la persona tímida es diferente. Se dice "¡Oh, no, otra vez! ¡Todos van a darse cuenta de lo nervioso que estoy! " Las personas tímidas se culpan de la excitación en lugar de pensar que las circunstancias son las causantes. El tímido dice para sus adentros: "No soy normal. Empiezo a sentir cosas raras en el cuerpo en cuanto estoy en una situación nueva o con personas que no conozco. No hay esperanzas para mí".

Hay esperanzas para usted. Lo más probable es que sus sentimientos de timidez se hayan fortalecido durante la juventud. Quizá tuvo padres sociables que no podían entender por qué usted no quería actuar en las funciones de la escuela o del parvulario. Con la mejor intención pueden haberle presionado, esperando que se volviera tan sociable como ellos. Y cuanta más presión recibía, más fuera de lugar se sentía. O tal vez sus padres se dieron cuenta de que era tímido y trataron de protegerle de las situaciones sociales que podrían haberle molestado. Sin darse cuenta, al sobreprotegerlo, le negaron las oportunidades de acercarse a las actividades sociales a su tiempo y con su propio estilo. También puede haber tenido hermanos o hermanas mayores o compañeros que se burlasen aprovechando que usted era "lento para reaccionar", así que, en lugar de aprender que cuando uno se adapta a una situación hay agradables recompensas —cosas nuevas para hacer y nuevas amistades—, se fortalecieron los síntomas de la timidez. Para usted fue natural enrojecer, temblar o sudar. Como el pequeño Albert, usted aprendió a asociar a las personas y situaciones nuevas con las molestias físicas.

Como dije antes, la timidez temprana —el componente genético de la timidez— no está predestinada ni es inevitable. Lo que se desarrolla es la susceptibilidad a la timidez cuando las experiencias de la vida la fortalecen. Sólo la mitad, aproximadamente, de todos los adultos tímidos tienen esa tendencia heredada a la timidez; los demás han desarrollado la timidez más tarde.

¿ES USTED UNA PERSONA TIMIDA TEMPRANA?

Piense en su experiencia más reciente de timidez. Siéntese, cierre los ojos y "vea" lo que ocurrió. Sé que es doloroso pero deje que aquellos sentimientos vuelvan a invadirle. Ahora, mientras recuerda la situación, ¿cómo estaba reaccionando su cuerpo? Lea las descripciones que figuran en la tabla y encierre en un círculo el número que mejor califique su respuesta física en una situación de timidez.

Los síntomas físicos de la timidez

	NUNCA	RARA- MENTE	A VECES	CON FRECUENCIA	SIEMPRE
Sudor	0	1	2	3	4
Sacudidas/temblor	0	1	2	3	4
Latidos muy fuertes	0	1	2	3	4
Estómago tenso (nudos)	0	1	2	3	4
Ganas de orinar	0	1	2	3	4
Angustia respiratoria	0	1	2	3	4
Sequedad de la boca	0	1	2	3	4
Rubor	0	1	2	3	4
Aturdimiento	0	1	2	3	4

Sume los puntos. Si la puntuación está entre 0 y 9, no tiene problemas de síntomas físicos de timidez sino de pensamientos angustiosos o conducta extraña. Si la puntuación está entre 10 y 17, sus síntomas físicos son moderados. Usted es una persona tímida temprana. Una puntuación mayor de 18 indica que usted es muy sensible físicamente en las situaciones de timidez.

Si usted es un tímido temprano, ahora tiene una inmensa cantidad de poder entre sus manos. Ese poder es la introvisión: usted sabe que tiene temperamento tímido y ahora puede empezar a aprender a dominarlo en lugar de permitir que él lo domine a usted.

¿Cree que no podrá hacerlo? ¡Tonterías! Usted no es la única persona que tiene que aprender a dominar su temperamento. ¿Recuerda al exaltado? ¿Qué pasa cuando el explosivo no aprende a dominar su temperamento? Se pierden los empleos, se rompen las amistades, se destruyen los matrimonios. Usted simplemente tiene otra clase de temperamento pero no debe convertirse en su víctima.

Muchas personas tímidas me dicen que tienen temor de que los demás noten que se ponen coloradas o le suden las manos. Y aquí llega la buena noticia: los demás *no notan* los síntomas físicos que usted tiene de la forma que usted cree. Kimberley McEwan, de la Universidad de Calgary, dirigió un estudio para saber cuánto nota la gente los síntomas físicos de la timidez en otros.[9] En su investigación, pidió a la gente tímida que anotara sus síntomas físicos y calificara cada uno según pensara que se notaba. Luego pidió a un amigo de cada participante que indicara cuánto notaba de cada síntoma físico de su amigo tímido. Los resultados del estudio de McEwan demuestran que los tímidos con altos niveles de excitación física creían que exhibían mayor número de signos visibles de timidez de los que advertían sus amigos. Así que, cuando haga frente a situaciones que le producen timidez, tenga presente que sus síntomas no son tan visibles como usted cree.

Unas palabras sobre los medicamentos: hay ansiolíticos que ayudan a las personas que sufren ataques agudos de pánico. Desarrollados en principio para la hipertensión, esos fármacos trabajan manteniendo constante el ritmo cardíaco. Si usted padece de ataques agudos de pánico, pregunte a su médico sobre esos medicamentos. Pero la mayoría de la gente *no necesita* fármacos. Usted puede aprender a disminuir la ansiedad de forma natural sin caer víctima de la dependencia y los efectos secundarios de esas drogas.[10]

COMO PERMANECER EN CALMA
EN UNA SITUACION SOCIAL

Un método probado para combatir la angustia es una técnica denominada *desensibilización sistemática* que ayuda a reemplazar la excitación física por una sensación de relajamiento[11].

Hay tres pasos claves para la desensibilización sistemática:

1. Aprenda un método de relajamiento.
2. Divida en pasos la situación incómoda y ordénelos.
3. Use las imágenes mentales para visualizar cada paso del ordenamiento mientras permanece profundamente relajado.

Primero debe practicar el método de relajamiento por lo menos una vez por día durante dos semanas antes de incorporar la visualización. El paso siguiente es ordenar los aspectos de una situación incómoda. Si lo desea puede hacerlo mientras esté aprendiendo a relajarse. El tercer paso es la visualización mental una vez que ha logrado relajarse bien con uno de los dos métodos que se describen más adelante.

La clave para que esta técnica funcione es la visualización mental que a la mayoría nos resulta familiar.

La visualización mental. La mayoría de nosotros sueña despierta de vez en cuando y soñar despierto es visualización mental. Cada uno de nosotros tiene una pantalla mental en la que ve imágenes de personas, objetos y situaciones. Las emociones suelen acompañar a las imágenes mentales. Cuanto más nítidamente se ve y siente en una situación imaginaria, más efectiva será la visualización en la desensibilización sistemática.

¿Funciona la visualización sistemática? Para saberlo, Sydney Segal y Vincent Fusella repitieron un experimento sobre la visualización mental que se había realizado por primera vez en 1910. Segal y Fusella pidieron a algunos de los participantes en el experimento que formaran una imagen visual mental y a otros que imaginaran un sonido. Un débil punto aparecía en una pantalla para los que visualizaban una escena; los que imaginaban un sonido usaban audífonos por los que se transmitía un sonido muy débil. En los dos grupos el proceso de visualización interfería con la capacidad de ver el punto o de oír el sonido. Los dos investigadores llegaron a la conclusión de que las imágenes que formamos en la mente son semejantes a las percepciones reales de visión y sonido. No se sabe con certeza cuál es la causa de ello; podría ser que para imaginar usemos las mismas partes del cerebro que para ver y oír lo que es real.

En otro experimento, Alan Richardson solicitó a los participantes, sin experiencia previa en gimnasia, que ensayaran mentalmente durante seis días un ejercicio simple en la barra. Durante el ensayo mental de cinco minutos diarios se alentó a los participantes a "verse y sentirse" durante el ejercicio. Después de los seis días de ensayo mental se pidió a los participantes que efectuaran realmente el ejercicio en la barra y se les calificó. Richardson observó que las personas con visualización vívida y controlable los realizaron mucho mejor que los de visualización débil.[12]

¿Qué tiene que ver esto con su problema de timidez? Significa que usted puede usar la imaginación para ensayar las situaciones de timidez visualizándose en calma y relajado. Cuando pueda lograrlo estará en condiciones de hacer frente a las situaciones incómodas sabiendo que permanecerá sin alterarse.

El caso de Julie muestra cómo funciona la visualización mental. Julie es una abogada de veintinueve años, que trabaja para una pequeña empresa en la ciudad de Nueva York. Parece encaminada al éxito porque se dedica a su trabajo y lo lleva a cabo de forma eficiente. El único obstáculo es la timidez paralizante que le ataca en las reuniones de los directivos de la firma. Cada vez que tiene que hablar, Julie enrojece, siente un nudo en el estómago y le tiemblan las manos.

Mediante la desensibilización sistemática Julie puede controlar los síntomas físicos de la timidez. Así es como lo logró:

Julie comenzó el programa aprendiendo a relajarse. Eligió la técnica de relajación progresiva y la practicaba dos veces por día durante dos semanas. Ponía el despertador para levantarse veinte minutos antes todos los días y hacía los ejercicios de relajamiento antes de desayunar. Cuando regresaba a su casa por la noche volvía a practicar la relajación antes de cenar. Al final de cada día anotaba en el cuaderno de autodesarrollo cuántas veces había practicado y cómo sentía lo que hacía.

Mientras estaba aprendiendo a relajarse, Julie también ordenó la situación: rubor, temblor y tensión en el estómago cuando es el centro de atención en la reunión de directorio. Los pasos del ordenamiento fueron los siguientes:

1. Pensar en la reunión semanal de directivos.
2. Pensar en la reunión el día antes de su realización.
3. Despertar la mañana de la reunión.
4. Viajar en metro al trabajo el día de la reunión.

5. Preparar las notas para la reunión.
6. Entrar en el salón de reunión y tomar asiento.
7. Charlar con los colegas mientras esperan que lleguen los que faltan.
8. Escuchar al socio principal abriendo la reunión y haciendo el resumen de los asuntos importantes a tratar.
9. Escuchar que le piden que informe sobre el estado de uno de sus casos.
10. Informar sobre el caso.

Julie escribió cortas descripciones de cada paso del ordenamiento. Luego se propuso objetivos en la práctica de la desensibilización sistemática:

1. Practicaré la desensibilización sistemática durante treinta minutos, cinco veces por semana.
2. Comenzaré la desensibilización sistemática el 30 de julio y continuaré hasta que haya visualizado todas las descripciones que hice, permaneciendo bien relajada.
3. Después de que haya trabajado hasta la última descripción, iré a la reunión sabiendo que permaneceré tranquila y relajada cuando informe.

Julie anotó bien sus progresos con la relajación y a partir del 30 de julio anotó cuidadosamente en su cuaderno de autodesarrollo los resultados de cada día en que se efectuaba una sesión de desensibilización sistemática. En cada sesión se visualizaba con su color normal, una postura segura y el estómago tranquilo y relajado. Una vez que hubo trabajado con sus descripciones de todos los pasos de la situación, Julie pudo llegar a la reunión con calma y seguridad. A medida que pasaba el tiempo, cada vez le resultaba más sencillo participar en las reuniones sabiendo que no se pondría colorada ni temblaría ni sentiría nudos en el estómago. Para festejar el éxito obtenido, Julie se dio el gusto de ir a ver un espectáculo en Broadway que hacía tiempo que tenía deseos de ver. Alentada por el triunfo, el objetivo siguiente de Julie es hacer frente con calma y confianza a la situación de timidez cuando debe tratar con abogados que no pertenecen a su empresa.

Los métodos de relajamiento

El primer paso del método de desensibilización sistemática es aprender y practicar un método de relajamiento. Dar instrucciones para el uso de todos los métodos que existen requeriría un libro entero, así que de la lista que sigue daré las instrucciones detalladas para dos métodos solamente: el de relajación progresiva y una variación de la meditación trascendente (MT). Sugiero que prueben ambos y elijan el que les resulte mejor: Si se encuentran que ninguno de los dos les resulta útil, averigüen o tomen clases de alguno de los apuntados a continuación.[13]

- *Entrenamiento autogénico:* Este método, desarrollado por el doctor H. H. Shutz, un neurólogo alemán, consiste en seis ejercicios mentales para relajarse. La actitud mental durante el entrenamiento autogénico se compara a menudo a la autohipnosis.
- *Relajación progresiva:* Creada por el doctor Edward Jacobsen, esta técnica usa el procedimiento de tensar y relajar los músculos.
- *Autohipnosis:* Es la hipnosis autoinducida. En el trance hipnótico usted no deja pasar las percepciones del exterior y se centra en las percepciones interiores. Puede usar la autohipnosis para relajarse autosugiriéndose el estado de relajación de la mente y el cuerpo.
- *Meditación trascendente (MT):* Traída a Occidente por Maharishi Mahesh Yogi, la MT se practica veinte minutos, dos veces por día. La relajación profunda se produce mediante la repetición de un mantra; el mantra disminuye la actividad mental y capacita a quien medita para llegar a un estado superior de la conciencia.
- *Yoga:* Es una escuela de filosofía india que hace uso de la regulación de la respiración y la adopción de determinadas posturas corporales (por ejemplo, la postura de loto).

En cualquiera de los métodos de relajación deben respetarse las siguientes condiciones:

1. Busque un lugar tranquilo en el que pueda relajarse sin que nadie le moleste y desconecte el teléfono. Si hay otras personas en la casa, pídales que no le interrumpan.
2. Elija un sillón cómodo para sentarse. Es preferible no acostarse porque podría relajarse completamente y quedarse dormido.
3. No practique el relajamiento durante las dos horas siguientes de haber comido. El proceso de la digestión podría interferir con su capacidad para relajarse.
4. Practique el método de relajamiento por lo menos una vez por día pero no más de dos.

5. ¡Dese tiempo! El motivo por el que recomiendo practicar un método de relajamiento durante dos semanas antes de incorporar la visualización mental es porque la mayoría requiere por lo menos ese tiempo para aprender a relajarse totalmente. Superficialmente puede parecer que relajarse es fácil pero para muchos de nosotros no lo es. No se sienta frustrado si los primeros intentos no tienen éxito: se tarda en dominar la técnica.

La relajación progresiva

La forma más fácil para aprender esta técnica es grabar las instrucciones para no tener que fijarse en el libro; le ayudará a experimentar más completamente el relajamiento y con mayor facilidad. Cuando grabe trate de hacerlo con la voz calmosa y con los sonidos espaciados de forma similar: hable con el mismo tono, sin matices. Notará al final del ejercicio que estará diciendo la palabra "relájate" o "relax" con cada espiración. Más adelante, podrá usar este método como clave cuando se encuentre tenso en una situación social. Aspire hondo y cuando exhale, dígase: "relájate" y trate de recordar la sensación de relajamiento absoluto que experimenta durante la práctica.

Una llamada de atención sobre la relajación progresiva: no exagere cuando ponga los músculos en tensión. Usted sólo quiere sentir la diferencia entre la tensión muscular moderada y la relajación.

Instrucciones: Siéntese cómodamente, con los brazos colgando flojos a los costados, los pies y las manos colocados con comodidad pero no cruzados. Cierre los ojos e inhale y exhale por la nariz. Las instrucciones entre paréntesis indican el tiempo que debe dejar correr la cinta de la grabadora antes de volver a hablar.

Apriete el puño derecho (5 segundos de pausa). Ahora, lentamente relaje la mano y sienta la diferencia entre la tensión y el relajamiento. Vuelva a apretar el puño derecho (5 segundos de pausa). Relaje lentamente la mano. Continúe inhalando y exhalando por la nariz.

Ahora apriete el puño izquierdo (5 segundos de pausa). Relaje lentamente la mano y sienta la diferencia entre la tensión y el relajamiento. Vuelva a apretar el puño izquierdo (5 segundos de pausa). Relaje lentamente la mano y sienta la diferencia. Note cómo siente las dos manos relajadas.

Ahora doble el codo derecho, apretando el puño derecho y tensionando el antebrazo y el brazo (5 segundos de pausa). Enderece el brazo y deje relajar el puño y el brazo. Continúe respirando por la nariz. Una vez más doble el codo derecho, apretando el puño derecho y tensionando el antebrazo y el brazo (5 segundos de pausa). Estire el brazo y relaje el brazo y la mano completamente. Goce de la cálida sensación de relajamiento total de los músculos del brazo y de la mano.

Doble el codo izquierdo y apriete el puño de la mano izquierda, tensionando el antebrazo y la parte superior del brazo (5 segundos de pausa). Estire el brazo y relaje el brazo y la mano. Note la diferencia entre la tensión y el relajamiento. Otra vez, doble el codo izquierdo y apriete el puño de la mano izquierda, tensionando los músculos del antebrazo y la parte superior del brazo (5 segundos de pausa). Ahora estire el brazo y relaje el brazo y la mano. Tómese un momento para gozar del relajamiento de sus brazos y manos (5 segundos de pausa).

Ahora mueva la cabeza describiendo un movimiento circular, dos veces hacia la izquierda y dos veces hacia la derecha. Haga girar la cabeza hacia la derecha tanto como pueda (5 segundos de pausa). Ahora mire al frente y sienta cómo está relajándose el cuello. Otra vez gire la cabeza a la derecha tanto como pueda (5 segundos de pausa). Ahora relájese y mire al frente. Continúe respirando por la nariz.

Gire la cabeza hacia la izquierda tanto como pueda (5 segundos de pausa). Mire al frente, y vuelva a girar la cabeza hacia la izquierda tanto como pueda (5 segundos de pausa). Vuelva a mirar al frente. Deje caer la cabeza hacia adelante y apriete el mentón contra el pecho (5 segundos de pausa). Levante la cabeza y goce de la tranquila sensación de relajamiento del cuello, brazos y manos.

Ahora preste atención a los hombros. Encoja los hombros llevándolos hacia arriba tanto como pueda (5 segundos de pausa). Descargue la tensión de los hombros dejándolos caer lentamente. Continúe respirando por la nariz. Vuelva a alzar los hombros tanto como pueda (5 segundos de pausa). Ahora, relaje la tensión dejando caer los hombros con suavidad. Note la diferencia entre la tensión y el relajamiento.

Ahora arquee las cejas alzándolas todo lo que pueda (5 segundos de pausa). Afloje la tensión dejándolas bajar con lentitud. Vuelva a alzar las cejas tanto como pueda (5 segundos de pausa). Y ahora relájese y sienta cómo se relaja la frente. Ahora bizquee (5 segundos de pausa) y relájese. Vuelva a bizquear (5 segundos de pausa) y relájese sintiendo cómo desaparece la tensión de los ojos. Continúe respirando por la nariz. Frunza los labios con fuerza (5 segundos de pausa). Relaje los labios con lentitud. Una vez más frunza los labios con fuerza (5 segundos de pausa) y relájelos. Sumérjase en la sensación de relajamiento de los brazos y manos...

hombros y cuello... cara... todo está profundamente relajado. Goce de la sensación del relajamiento profundo.

Ahora tensione los músculos de la parte superior de la espalda: alce los hombros y llévelos hacia atrás tanto como pueda (5 segundos de pausa). Deje caer los hombros concentrándose en la sensación de relajamiento de la espalda. Vuelva a alzar los hombros, llévelos hacia atrás lo más que pueda (5 segundos de pausa) y déjelos caer. Note la diferencia entre la tensión y el relajamiento.

Y a medida que va relajándose más y más, respire hondo. Llene los pulmones tanto como pueda y retenga el aliento (5 segundos de pausa). Exhale con lentitud y respire normalmente unos momentos. Sienta las oleadas de relajamiento; goce de la tranquila sensación de estar totalmente relajado. Una vez más, aspire hondo llenando los pulmones al máximo y retenga el aliento (5 segundos de pausa). Exhale con lentitud y ahora respire normalmente por la nariz (5 segundos de pausa). Vuelva a aspirar hondo. Llene bien los pulmones y retenga el aliento (5 segundos de pausa). Deje salir el aire con lentitud. Inhale y exhale normalmente por la nariz y experimente la sensación de descanso y relajamiento.

Ahora preste atención a los músculos del estómago. Contraiga el estómago y los músculos abdominales (5 segundos de pausa). Lentamente, afloje la tensión notando la agradable sensación del relajamiento muscular. Una vez más contraiga los músculos estomacales y abdominales (5 segundos de pausa) y relaje la tensión. Continúe respirando por la nariz. Sienta la profunda relajación de los brazos y las manos, el cuello y los hombros, la cara, la espalda y el estómago.

Ahora arquee la espalda y tensione los músculos (5 segundos de pausa). Afloje, notando la diferencia entre la tensión y el relajamiento. Arquee otra vez la espalda y tensione los músculos (5 segundos de pausa). Y ahora relájese sintiendo como desaparece la tensión de la parte inferior de la espalda.

Apriete los glúteos y músculos de muslos, caderas y pantorrillas. Tensione los glúteos y presione hacia abajo, sobre los talones (5 segundos de pausa). Afloje la tensión y con lentitud relájese. Vuelva a tensionar los glúteos y presione hacia abajo, sobre los talones (5 segundos de pausa). Afloje la tensión, continúe respirando por la nariz, y tome conciencia de cómo su cuerpo se siente pesado y relajado.

Ahora apunte los dedos de los pies hacia su cabeza y tensione todos los músculos de los pies, tobillos y parte inferior de las piernas (5 segundos de pausa). Afloje y relájese. Otra vez apunte a la cabeza con los dedos de los pies y tensione todos los músculos de los pies, tobillos y parte inferior de las piernas (5 segundos de pausa). Relaje los músculos con lentitud notando la diferencia entre la tensión y el relajamiento.

Ahora usted está bien relajado. Todos sus músculos se sienten pesados. Y usted goza de las sensaciones del relajamiento total. Respire lenta y profundamente mientras sigue consciente de la sensación de relajamiento. Cada vez que exhala dígase interiormente "relax" o "relájate" o "calma" o "afuera". Continúe exhalando e inhalando por la nariz repitiendo la palabra "relax" a cada exhalación (60 segundos de pausa). Sienta las oleadas de relajamiento. Goce de la serenidad al estar totalmente relajado. Saboree esas sensaciones unos minutos más.

Una variación de la MT

Otro método de relajación, basado en la meditación trascendente, es el desarrollado por el doctor Herbert Benson.[14] Para practicar esta técnica debe reservar de diez a veinte minutos dos veces por día. A algunas personas les resulta más fácil practicar este método antes del desayuno y de la cena.

Instrucciones:

1. Siéntese cómodamente.
2. Cierre los ojos.
3. Relaje todos los músculos empezando por los de los pies y continuando hasta la cara.
4. Adopte una actitud pasiva. No tenga en cuenta ninguna distracción y trate de mantener una actitud de expectativa.
5. Respire por la nariz. Mientras exhala diga para sí la palabra "om", cada vez que exhala. El repetir la palabra "om" cada vez que exhala, ayuda a disminuir los pensamientos que distraen.
6. Continúe repitiendo la palabra "om" al exhalar durante diez a veinte minutos.
7. ¡No use reloj despertador para saber cuándo terminó el período de práctica! Abra los ojos de vez en cuando para ver la hora. Permanezca tranquilamente sentado unos minutos después de terminar.

Ordenando los pasos

Mientras está aprendiendo a relajarse puede empezar a ordenar los pasos de sus situaciones de timidez al modo del último ejercicio del capítulo 1. Le recomiendo que comience con la situación *menos* incómoda de su lista y que vaya trabajando gradualmente hasta llegar a la *más* incómoda.

Para comenzar, necesita un juego de tarjetas de fichero. En cada tarjeta escribirá una corta escena descriptiva de cada aspecto de la situación que produce los síntomas físicos a combatir. Por ejemplo, quiere decirle a Darcy, una compañera de trabajo, que almuerce con usted. Empleando un ordenamiento basado en el espacio físico, sus tarjetas podrían ser estas:

Saliendo de casa para ir al trabajo	*Caminando por la sala hasta el despacho de Darcy*
Entrando en el edificio de su oficina	*Entrando en el despacho de Darcy*
Entrando en su oficina	*De pie frente a Darcy, invitándola a almorzar con usted.*

La misma situación usando el tiempo como criterio podría describirse así:

El sábado por la mañana pensando invitar a Darcy a almorzar el lunes	*Llegando a la oficina y preparándose para el día de trabajo*
El sábado a la noche ensayando la invitación a Darcy	*A las 10 yendo el lunes al despacho de Darcy*
Yendo en el coche el lunes a la mañana, ensayando la invitación	*Preguntando a Darcy si puede almorzar hoy con usted*

Un segundo tipo de ordenamiento es el orientado al tema. En este tipo, cada paso varía con el tema. Por ejemplo, supongamos que una de sus situaciones de timidez es conocer gente nueva. Puede escribir sus descripciones referentes a sus encuentros con personas nuevas, hasta el caso en que le presenten diez personas la mismo tiempo. Por ejemplo:

Alguien que conozco me presenta una persona	Me presento a dos personas
Me presento a una persona	Alguien que conozco me presenta a cuatro personas .
Alguien que conozco me presenta a dos personas	Me presento a cuatro personas

El último tipo de ordenamiento es mixto y combina los elementos de tema y espacio/tiempo. Creo que el ordenamiento mixto puede ser el más útil porque proporciona el enfoque más realista para ir dando los pasos de la situación incómoda. Volviendo al ejemplo anterior, supongamos que usted debe asistir a un seminario donde habrán personas que conoce y otras que no. Podría escribir el ordenamiento mixto de la siguiente manera:

Piensa conocer gente mañana en el seminario	Charlando con un compañero de trabajo y mirando a su alrededor
Se dirige al seminario en el que conocerá gente nueva	Caminando hasta la mesa del café con mi compañero de trabajo, donde me presenta a alguien
Entrando en el salón del seminario y saludando a alguien que conoce	Me presento a una persona durante el descanso para almorzar

Piense en la situación que debe afrontar y decida qué tipo de ordenamiento cree que funcionará mejor. Comience escribiendo una corta descripción de una escena en cada tarjeta. Mientras escribe, es probable que descubra que debe agregar más pasos y descripciones. La mayor parte de los ordenamientos constan de unas diez a treinta descripciones, según la situación. Controle que sus descripciones no salten de una que le molesta muy poco a una que le produce una gran incomodidad. Es importante que la descripción total (la suma de las tarjetas) se elabore por pequeños pasos.

Una vez que ha escrito las descripciones de cada aspecto de su situación de timidez, controle para ver si el orden de las tarjetas cubre todos los aspectos desde el menos incómodo hasta el que produce mayor molestia. Cuando sienta que domina el método de relajación, ya está preparado para fijarse sus objetivos y empezar a combinar la relajación con la visualización.

Establezca sus objetivos

Antes de empezar a combinar la relajación con la visualización, debe establecer sus objetivos. Recuerde que deben ser plausibles y específicos. Quizá quiera comenzar anotando el siguiente objetivo: "Practicaré el método de relajamiento dos veces por día desde el 3 hasta el 17 de abril". Escriba las fechas en el cuaderno de autodesarrollo y anote, después de cada fecha, el número de veces que ha practicado el método para relajarse.

Lo siguiente es establecer las metas para practicar la desensibilización sistemática. El objetivo puede ser practicar durante un número establecido de minutos, por lo menos cuatro veces por semana, hasta que haya logrado vencer una situación de timidez. A medida que va avanzando en sus situaciones de timidez, siga anotando y controlando los objetivos que se ha fijado para cada una.

Y por último... ¡Acuérdese de la recompensa por haber logrado el objetivo!

Relájese y visualice

Cuando se sienta preparado para empezar a combinar la relajación con la visualización, elija un período en el que pueda, por lo menos, practicar varios días por semana. Al igual que durante las sesiones de relajamiento, elija un lugar cómodo donde no sea molestado. Una forma cómoda de combinar la relajación y la visualización es escuchar la grabación de las descripciones. Si elije el grabador, hable con lentitud y claridad y deje que corra la cinta unos minutos antes de leer la tarjeta siguiente. También si no dispone de un grabador puede limitarse a leer cada tarjeta.

Una vez que está profundamente relajado, conecte el grabador o lea cada tarjeta y visualice la escena descripta en ella. Mientras sigue en estado de relajamiento, escuche o lea su primera descripción y permanezca relajado. Pase a la descripción siguiente. De nuevo imagínese en la escena que describe y permanezca relajado. En cuanto aparezca una descripción que impida su relajamiento, no visualice más, reléjese completamente e intente la escena de nuevo. Repita el proceso hasta que pueda cumplir con la escena difícil manténiéndose relajado. Entonces pase a la escena siguiente.

Podría descubrir que pasa fácilmente por las primeras descripciones y se atasca en la tercera o cuarta. Tenga paciencia y siga trabajando hasta triunfar.Cuanto más vívidamente se imagine en la escena, tanto más efectiva resultará la desensibilización sistemática. Imagínese comportándose con calma y seguridad en cada descripción: véase y siéntase de esa manera. Una vez que se ha visualizado bien en la primera situación de timidez, pruébela en el mundo real. Cuando esté seguro de que el proceso le sirve, estará listo para ordenar la siguiente situación de timidez que figura en su lista. El proceso requiere tiempo pero sirve. Cuente con tiempo y paciencia para trabajar con cada una de las descripciones a su propio ritmo.

Si tiene problemas para alcanzar los objetivos...

A veces encontrará grandes dificultades para llegar a la meta. La pregunta que debe formularse entonces es: ¿Son razonables mis objetivos? Quizá usted ha decidido practicar la desensibilización sistemática todos los días pero lleva una vida sumamente ocupada. Vaya más despacio. Reduzca el número de días por semana para practicar. Mantenga sus metas dentro del ámbito de lo posible en función del tiempo disponible y de su nivel de energía.

Una segunda pregunta es: ¿Debo dividir mis objetivos en más pasos? Si un programa que dure semanas le parece imposible, cambie el objetivo por otro que pueda lograr en una semana. Al final de cada semana, si ha cumplido con lo que se había propuesto, recompénsese y plantee el objetivo para la semana siguiente.

Cada vez que se encuentre con dificultades inesperadas, juegue con usted mismo a las veinte preguntas hasta descubrir la causa del retraso.

Normalmente, si examina con atención las circunstancias que han ocasionado la demora, podrá conocer el camino para superar el problema.

Aun después de haber luchado para identificar los pasos por los que ha quedado atascado en una circunstancia particular, todavía puede encontrarse pensando: "Esto es demasiado difícil... no sabría qué decir en esta situación... en el fondo no me gusto demasiado y por eso no creo poder agradar a los demás... no puedo imaginarme jamás manejando la situación bien..."

Cuando se sienta desesperado, le conviene dejar *temporalmente* el programa de relajamiento y visualización. Trabaje con los ejercicios de los capítulos 3 a 5. Comience a elaborar su autoestima, aprenda a impedirse los pensamientos negativos y reavive sus aptitudes sociales. Luego vuelva al programa de relajamiento y visualización. Le resultará más fácil imaginarse en una situación en la que se sienta mejor consigo mismo, pensando positivamente y sabiendo qué aptitudes sociales usar en esa situación. Trabaje alternando los capítulos, combinando las técnicas para su mayor efectividad.

Resumiendo: la desensibilización sistemática es un método excelente para superar los síntomas físicos de la timidez. Puede usar esta técnica tantas veces como lo necesite en su vida. Si nota que retrocede, puede volver a sus objetivos y visualizar otra vez la forma de lograrlos. También puede usar el proceso como ayuda para resolver dificultades similares que pueda tener en otros campos de la vida.

Espero que desee continuar con el método de relajamiento aunque haya terminado con la desensibilización sistemática. El relajamiento ofrece muchísimos beneficios: aumenta la energía y la aptitud mental, disminuye la presión sanguínea y hace que se duerma mejor.

Aunque haya aprendido a aplicar las técnicas de relajación en este capítulo, los síntomas físicos de la timidez pueden seguir presentándose en ocasiones. Después de todo, lo que usted ha aprendido en este capítulo es a reacondicionar una reacción *natural* de su organismo. Sin embargo, cada vez que se encuentre reaccionando ante una situación o persona nueva con los síntomas físicos de la timidez, úselos como una señal. Dígase: "Mi corazón está latiendo con más fuerza. Esto significa que debo aspirar hondo unas cuantas veces y concentrarme momentáneamente en la relajación". Recuerde que la mayoría ni siquiera nota la excitación física que es tan evidente para usted. Pero lo mejor es que, si mantiene una dirección que apunta a lo social, a pesar de sentirse tímido en su interior, contribuirá a crear un ciclo positivo de autofortalecimiento.

3
Cómo ir creando la autoestima

Las personas tímidas son notorias por darse un puntapié mental cada vez que se comportan con timidez. Cada vez que se esconden en su interior, se reservan las ideas sobre sí mismas o dejan pasar la ocasión de conocer gente, se califican con una nota baja. Es posible que usted se sienta como Jillian, una gerente comercial de cuarenta y un años: "Con frecuencia quisiera poder liberarme de mis sentimientos de subestimación y no ser siempre consciente de mi comportamiento. Es una lucha constante entre querer destacarme y el miedo de que se note mi presencia".

La autosubestimación y la autoconciencia son dos características de la timidez desarrollada tardíamente, la que comienza entre los diez y los catorce años. Para muchos adolescentes, la timidez no es más que una fase temporal y molesta del crecimiento. Para otros, la timidez persiste en la edad adulta y produce un pesimismo paralizante y una autosubestimación perpetua.[1] Hasta las personas cuya timidez comienza de forma temprana pueden encontrar que los problemas propios de la adolescencia intensifican sus sentimientos de timidez. Para ellas, las dificultades en la formación de una identidad adulta segura están integradas por las molestias físicas que experimentan.

Quiero demostrarle brevemente que la timidez está relacionada con la valoración que usted hace de sí mismo y sugerirle algunos métodos para aumentar su autoestima. (Trataremos la autoconciencia en el capítulo siguiente.)

¿SE AUTOESTIMA POCO?

Durante el otoño de mi último año en la George Washington University estuve muy ocupado preparando notas de inscripción para cursos de posgrado. Una tarde arrinconé en el corredor a mi profesor favorito y le pedí una carta de recomendación. Accedió de buen grado y leyó la lista de escuelas universitarias a las que enviaría mis antecedentes. Entonces su sonrisa se apagó dando lugar a un fruncido entrecejo: "Jonathan, estas escuelas son buenas, pero ¿Harvard, Princeton?".

Murmuré algo sobre que no estaba seguro de que me aceptaran.

Me devolvió la lista y dijo: "Te vendes barato".

Venderse barato es uno de los síntomas de la autosubestimación. Rechazarse, pensar que los otros van a rechazarle, juzgarse duramente, evitar riesgos (y la posibilidad de fracasos) y ser perfeccionista son otras formas en que se manifiesta la autosubestimación. Yo tuve la suerte de encontrar en mi camino a alguien a quien le importaba. Si no hubiera sido por el profesor que me alentó a que reconociera mi potencial, podría no haber realizado mis aspiraciones profesionales y académicas.

Cambiar la opinión que se tiene de uno mismo es un asunto tan difícil como invertir el sentido de rotación de un tíovivo. Las personas que se subestiman reaccionan a las situaciones con pensamientos y sentimientos negativos. Los que están alrededor de alguien así, saben que no se precia suficientemente y por eso, a su vez, suelen no dispensarle el respeto y la consideración que merece. Esto fortalece la idea de que vale poco: "Debo merecer esto, de otra manera nadie me trataría así" y el ciclo continúa.

Piense por un momento: ¿Se siente satisfecho consigo mismo? ¿Puede decir honestamente: "Me gusta como soy"? Una respuesta negativa no significa necesariamente que usted ande por ahí consumido por el auto-desprecio. (Por suerte, pocos de nosotros estamos tan alienados como para pensar de nosotros como Gregor Samsa, el personaje de Kafka, que despertó una mañana y se encontró transformado en un gigantesco escarabajo.) La autosubestimación funciona muy sutilmente. Más adelante hay una lista de adjetivos que señala una escala de actividades negativas. Piense en usted y en la lista de sentimientos y marque los que le parecen propios para describirse. (La lista le será útil cuando comience a cambiar la manera de pensar sobre usted.)

Los sentimientos de autosubestimación

Me siento:

☐ inepto	☐ inútil
☐ indigno de ser amado	☐ inseguro
☐ insignificante	☐ inferior
☐ no deseado	☐ no querido
☐ autorrechazado	☐ autodespreciado
☐ insatisfecho	☐ inadecuado
☐ indefinido	☐ retraído
☐ débil	☐ frustrado

LA ALTA AUTOESTIMA

La esencia de la alta autoestima es aceptarse y gustar de la forma como uno es. Cuando usted se autoestima, se respeta no sólo a sí mismo sino a los que le rodean; está seguro, en lo más profundo de su interioridad, de que es una persona que vale. Preste atención: no he dicho una persona *perfecta* sino *valiosa*. La autoestima no exige perfección pero da lugar a que la persona se desarrolle y mejore. Tener una buena autoestimación es ser amable consigo, tener la seguridad de que es digno de ser amado, agradable, competente y efectivo. Usted se desplaza por la vida cotidiana seguro de usted mismo. La alta autoestima crea un ciclo positivo: cuando se siente bien consigo mismo, los demás sienten la forma como usted se trata y trata a los demás; la gente responde de manera favorable y esa reacción fortalece los sentimientos positivos respecto de usted.[2]

Piense en lo que es especial, único en usted, en cuáles son sus valores. Piense en todos los aspectos que le gustan de usted. Entonces, en la lista que sigue marque los adjetivos que usaría para describirse.

Los sentimientos de alta autoestima

☐ seguro de	☐ estimable
☐ confiado	☐ respetable
☐ digno	☐ alegre
☐ relajado	☐ hábil
☐ adecuado	☐ amable
☐ agradable	☐ efectivo
☐ significativo	☐ amado
☐ seguro	☐ aceptable

¿Cuántos adjetivos ha marcado? Compare el total con el de la lista anterior. ¿Tiene más sentimientos de alta autoestima o de autosubestima? ¿Le gustaría desplazar el equilibrio hacia el lado positivo?

LAS FUENTES DE LA AUTOESTIMA

Desde que somos niños la vida nos bombardea con experiencias de las que sacamos una impresión "buena" o "mala" de nosotros mismos[3]. Cuando nos ofrecen atención, ternura y muchos mimos, lo interpretamos como información positiva. Debemos haber sido buenos porque estamos consiguiendo hermosos resultados. Pero cuando alguien nos grita "estúpido" o "vago" lo percibimos como una crítica y nos preguntamos qué tendremos de malo.

En nuestros primeros años los padres tienen una influencia enorme en la manera como sentimos respecto de nosotros mismos. Sabemos, por ejemplo, que los padres que se autoestiman tienden a criar hijos que también se valoran positivamente; así, los padres que se autosubestiman suelen criar hijos a su propia imagen y semejanza, esto es, que no se quieren a sí mismos. Los padres que ignoran a sus hijos son los que más daño les hacen, al minarles la sana autovaloración. Por desgracia, hasta un padre que desaprueba abiertamente las actitudes de sus hijos hace más por la autovaloración de los chicos que un padre o madre indiferente; las expresiones de desaprobación demuestran a los hijos su interés por ellos. La crítica y el castigo constantes no colaboran con la autoestimación, pero la falta total de disciplina les dice a los chicos que no merecen el tiempo ni el esfuerzo de sus padres.

Cuando crecemos y entramos en la escuela, los maestros (y otras autoridades) tienen papeles cada vez más importantes para la formación del concepto que tenemos de nosotros mismos. El aula se convierte en otro lugar para la autoestimación y... la timidez. Cuando nos va bien en la escuela nos sentimos bien con nosotros mismos y con nuestra capacidad. Nos sentimos competentes y capaces. (Sin embargo, las tempranas experiencias familiares hacen que a algunos chicos les resulte difícil admitir sus propios éxitos.) Cuando no aprobamos el curso nos sentimos incapaces o estúpidos y dejamos de intentarlo. También marca una diferencia la clase de refuerzo que recibimos en la escuela. Un padre o un maestro que nos estimula para que mejoremos y recompensa nuestros esfuerzos, ayuda al niño a recorrer el camino hacia la alta autoestima. Las exigencias de perfección sólo sirven para corroer nuestra sensación del propio valor.

La prueba de fuego de la autoestimación llega con la adolescencia. De repente comienza la metamorfosis en nuestros cuerpos y resulta excitante, deseada y temible. A medida que nuestros cuerpos cambian, encontramos nuevas oportunidades para entrar en el mundo de los adultos de distintas maneras, no todas agradables y, en parte, seguimos siendo niños. Los padres y los maestros se muestran reticentes a tratarnos como individuos en proceso de maduración. Parece que ahora todos nos observan y nos juzgan.

La inseguridad de la adolescencia puede producir los primeros sentimientos de timidez o aumentar los que ya tenemos. La escuela secundaria puede resultar muy dura. Estamos convencidos de que ser aceptados por los compañeros lo es *todo*, como me dijeron dos personas tímidas que participaron en uno de mis estudios.

—Cuando estaba en el secundario —dijo Mónica— lo pasé mal, tratando de hacer amistades. Cuando trataba de hablar con la gente me ponía muy nerviosa porque temía que no me considerasen a su altura.

Shelby recordó:

—En la escuela secundaria tomé conciencia de mi timidez. No tenía muchas amistades y pasaba bastante tiempo sola. Tenía problemas para hablar con la gente cómodamente porque siempre me ponía nerviosa. Era consciente de que estaba continuamente juzgándome y de que me autoestimaba poco. Todavía experimento los mismos síntomas.

¿Por qué parece que todos los demás emergen de la adolescencia convertidos en jóvenes adultos seguros de sí mismos mientras que usted sigue tan tímido y consciente de su persona como cuando entró en la adolescencia? Pueden haberse producido acontecimientos en su vida que acrecentaron los sentimientos de timidez.

ACONTECIMIENTOS SIGNIFICATIVOS
PARA LA TIMIDEZ

F. Ishu Ishiyama, en un estudio realizado en 1985, investigó las raíces de la timidez. Se dedicó especialmente a tres factores: los acontecimientos que las personas recuerdan como influyentes en su timidez; las causas "no incidentales" (circunstancias generales de la vida), y la estructura familiar[4]. Un asombroso setenta y dos por ciento de los participantes en el estudio recordaba los acontecimientos determinados que impulsaron su timidez, cifra cuya precisión confirmé con mi propio trabajo. Por ejemplo Kari, una estudiante tímida que participó en uno de mis estudios, explicó cómo cambió su vida cuando se separó la familia:

—Después del cuarto curso mis padres se divorciaron y ya no pude asistir a una escuela privada. Había ido desde el primer curso hasta cuarto. Todas mis amigas de la antigua escuela fueron a otro colegio privado. Yo tuve que ir a la escuela del Estado y me sentía como una intrusa. Luego fui a la escuela secundaria y también allí me sentí ajena y muy tímida. Ese sentimiento se ha mantenido en mí hasta el presente.

Cambiar de escuela o mudarse de barrio entre los ocho y los catorce años produce un alto grado de estrés. Precisamente cuando usted se siente más cómodo con la gente y los lugares, cambia de repente a un nuevo mundo. Sentirse inseguro no ayuda cuando uno entra a formar parte de un barrio o de un colegio donde parece que todos se conocen desde el parvulario.

A veces la timidez se produce por causa de sus relaciones con adultos importantes en su vida. Una colega me contó, hace poco, que tuvo una profesora de inglés en el secundario que la intimidaba. Un día, en la clase, Anna quiso responder a una pregunta de la profesora sobre el libro que estaban leyendo. Tras dar la respuesta que creía correcta, Anna se sintió muy mal porque la profesora dijo: "¿Cómo puedes ser tan estúpida para pensar eso?" Se sintió avergonzada y tonta pero no discutió el asunto con la profesora. A fin de año, la profesora informó sobre Anna: "No participa en la clase". A Anna le llevó años recuperarse de ese golpe a su autoestimación y hasta siendo alumna universitaria, con más de cuarenta años, le costaba un enorme esfuerzo hablar en la clase.

Queriéndolo o no, las reacciones de nuestros padres hacia nosotros pueden causarnos timidez. Como admite una de las participantes de mis investigaciones: "No tuve una infancia feliz ni una buena relación con mi madre. Creo que no me aceptaban por mí misma así que, en lugar de ser como querían mis padres que fuera, me retraje". Otras fueron muy protegidas como Frances: "Como hija única, mis padres me cuidaron y protegieron excesivamente y la consecuencia fue que todo lo nuevo me producía temor y sospechas". Quizá los adultos que rodeaban a uno lo calificaron de tímido, como le ocurrió a un hombre de negocios que nos cuenta: "Mis padres y maestros me definieron como tímido y creo que eso fortaleció mi timidez. Creo que un poco de ánimo que me hubieran dado mis padres, me hubiese ayudado a ser un poco menos tímido y a tener más confianza en mí".

La timidez también surge de las bromas y el ridículo. Las chicas y los muchachos que maduran precoz o tardíamente en relación con sus compañeros suelen recibir comentarios especialmente negativos. Como si todas estas situaciones no bastaran, Ishiyama descubrió que el castigo, el rechazo o la crítica al comportamiento tímido, y hasta e, castigo por hablar demasiado, intensifican los sentimientos de timidez.

No podemos dejar esta larga lista de "cosas que nos perjudicaron" durante nuestros primeros años, sin mencionar las dos situaciones que todavía hacen salir corriendo a los adultos tímidos: verse obligados a hacer vida social y ser el centro de la atención.

LOS ACONTECIMIENTOS SIGNIFICATIVOS
PARA SU TIMIDEZ

¿Se produjeron acontecimientos determinados en su vida que contribuyeron a su timidez? Si usted estuviera participando en mi estudio, ¿qué podría decirme sobre ellos? Trate de recordar los acontecimientos producidos en su infancia o al entrar en la adolescencia que pudieron haber fortalecido sus sentimientos de timidez y anótelos en el espacio que sigue en su cuaderno de autodesarrollo.

Los factores no incidentales en el estudio de Ishiyama no se recordaban como especialmente penosos pero sus efectos corrosivos todavía se sentían a pesar del tiempo transcurrido. Por ejemplo, algunos de los participantes del estudio de Ishiyama a quienes no se alentó a salir y hacer amistades o que tuvieron pocas oportunidades para conocer gente, consideraban esas circunstancias como causas importantes de su timidez. Las preocupaciones por el aspecto físico y la idea del rechazo o de la humillación también se mencionaron con frecuencia como factores inductores de la timidez.

El tercer factor principal que descubrió Ishiyama fue la estructura familiar de la persona tímida. Ser hijo único, sentirse rival del hermano en situaciones ridículas, son factores que agravaron la timidez. Algunos participantes pensaban que haber tenido padres tímidos contribuyó a su timidez.

¿Cuáles fueron las causas no incidentales de su timidez? ¿Lo alentaban para que fuera sociable? ¿Cómo se fortalecieron sus sentimientos de timidez? ¿Cuál fue la estructura de su familia? ¿Fue hijo único, el mayor, el del medio, el menor? ¿Tuvo un hermano o, una hermana, mayor o menor que gozaba de toda la atención? Piense en todas las circunstancias generales de su vida que puedan haber contribuido a su timidez y anótelas en el espacio que sigue o en su cuaderno de autodesarrollo.

Sé que puede resultar penoso revivir hechos del pasado, pero examinar las fuentes de su timidez puede ayudarle a entender cómo llegó a ser lo que es hoy. La investigación demuestra que muchas personas tímidas tienen la irracional creencia de que la influencia del pasado no puede superarse. En lugar de permitir que el pasado siga manejando su vida presente, intente comprender cómo aprendió a ser tímido... ¡y no se deje vencer por el pasado! El proceso más beneficioso es reconocer las fuentes de su timidez, perdonar a quienes no le ayudaron y, mediante su nueva introvisión, hacerse cargo de su vida como no podía hacerlo cuando era niño. Como un terapeuta amigo mío dice sobre estas cosas: "Honestamente, ésa fue su procedencia". Usted hizo todo lo que pudo para afrontar la situación cuando era jovencito. Eso fue entonces. Estamos en el presente y es usted quien controla su vida.

LA ESTIMA POR EL CUERPO

Hay una estrecha relación entre la manera como nos sentimos en nuestro fuero interno y la forma en que nos sentimos respecto de nuestro aspecto externo o cuerpo físico. Es tentadora la idea de que la gente atractiva goza de ventajas. Después de todo, ¿no se sienten siempre seguros, autoconfiados, sociales? No. Si no se siente bien con su yo interior no tiene importancia que sea o no una belleza. Hasta las personas más bellas sufren de timidez, como Fiona, de treinta y tres años: "Siempre he sido tímida. No tiene nada que ver con mi aspecto. Soy muy atractiva e inteligente así que no sé por qué a veces me siento tan inadecuada".

Muchas personas tímidas creen que no son atractivas. Mi colega Wendy Liebman y yo dirigimos un estudio entre universitarias y descubrimos que, generalmente, las mujeres tímidas se califican como carentes de atractivos físicos.[5] Sin embargo, universitarios que no conocían a esas mujeres opinaron por sus fotografías que eran casi tan atractivas como otras mujeres cuyas fotos también les habíamos mostrado. Las tímidas de nuestro estudio criticaban su físico de forma poco realista. Hacían extensivas sus dudas sobre la personalidad al aspecto físico a pesar de lo que el espejo les informaba.

También encontré que ese juicio negativo irracional incluía la opinión sobre la capacidad académica.[6] Cuando se solicitó a estudiantes tímidas y no tímidas que calificaran su capacidad académica, las tímidas, sin excepciones, se juzgaron menos competentes que las que se manifestaban seguras en la vida social, sin embargo los dos grupos tenían los mismos promedios.

Usted podría soñar con pesar un poco menos o algo más, con cambiar la forma de la nariz o agregar algunos centímetros a su estatura porque piensa que así desaparecería su timidez. Obviamente a cualquiera de nosotros le resulta difícil aceptar su físico cuando la televisión, el cine y los libros nos presentan imágenes perfectas. Sin embargo, pregunte a alguien, cuyo cuerpo usted considera "perfecto", si tiene alguna queja respecto de su físico y escuchará una serie de lamentaciones. Aceptar nuestro yo exterior después de una evaluación precisa y realista en tan importante como aceptar y querer al yo interior. Los cambios en el aspecto exterior pueden ayudar pero no pueden resolver completamente sus dudas internas.

Ejercicio para estimar el cuerpo

El cuerpo y la mente trabajan juntos, en constante interacción. Trate de observar la postura que adopta cuando está con otra gente. ¿Se encorva y se mira los pies? ¿Se siente torpe? ¿Está reflejando su cuerpo el torbellino interior? Si es así, hay varias cosas que puede hacer para mejorar su imagen corporal.

Practique la siguiente técnica frente a un espejo largo. Sitúese desnudo frente al espejo y mírese. Obsérvese de pies a cabeza sin juzgar. Mírese de lado, ahora gire y mírese de atrás. *Recuerde, !No juzgue¡* Familiarícese con su cuerpo durante unos minutos por día. Hágalo todas las mañanas o noches hasta que se sienta cómodo mirando su cuerpo sin juzgarlo. Conozca su cuerpo como la palma de su mano.

Ahora, examine cada parte de su cuerpo. Observe su cara, brazos, pecho, durante unos minutos por día. Dígase: "Acepto y quiero cada parte de mí." Al principio, esto le parecerá un poco absurdo, pero continúe haciéndolo hasta que sienta que verdaderamente acepta su cuerpo. Cada vez que asome un juicio ("Tengo unas caderas enormes" o "No soy muy musculoso") déjelo pasar. Ignórelo. Y dígase: "Así soy yo. Me gusta mi cuerpo". No caiga en la trampa de no gustarse porque hay una parte de su cuerpo que no le agrada.

Una vez que haya aceptado su cuerpo y se sienta cómodo con él, empiece a efectuar los cambios que quiera. Si siente que le falta coordinación, tome clases de baile, tenis o yoga, de cualquier cosa que le ayude a controlar y coordinar sus movimientos físicos. Durante la clase piense: "Estoy aquí para aprender a mejorar mi cuerpo. *No* para llegar a ser un bailarín experto ni un tenista profesional".

La práctica regular del ejercicio hace más que mantenerlo físicamente en forma. Hasta el logro de objetivos muy modestos contribuirá a que se autovalore más. Una colega mía es la que hace ejercicio con más entusiasmo de todo el departamento. Me contó que cuando empezó el programa de ejercicios sólo podía correr media manzana. Ahora corre más de tres kilómetros y anda en bicicleta unos 40 kilómetros. Se la ve resplandeciente de orgullo por haber mejorado tanto.

Muchas comunidades en Estados Unidos ofrecen a los adultos clases gratuitas sobre muchos temas. Haga uso de esos recursos para aprender y mejorar. Tome unas clases de utilización de aparatos, análisis de colores o mejora de la voz. Dedíquese a aquellos aspectos externos que a usted le gustaría cambiar, pero hágalo de forma divertida. No trate de lograr la perfección; simplemente trate a su exterior con atención y respeto.

Mientras está practicando diariamente el ejercicio del espejo y aprende a querer y aceptar su imagen exterior, debería estar trabajando con su yo interior. Empecemos, atendiendo a esta cuestión, por ver cómo piensa la persona tímida.

LA PSICOLOGIA DE LA TIMIDEZ

Piense en algún éxito y en algún fracaso recientes que haya tenido, y pregúntese quién o qué fue responsable de cada uno. ¿Se siente responsable del éxito o lo considera circunstancial, debido a alguien, o simplemente buena suerte? ¿Se culpa por el fracaso?

Es típico de la persona tímida dar el mérito del éxito a otra persona y culparse ella misma del fracaso. Por el contrario, las personas más seguras se sienten responsables de sus éxitos y culpan a los demás de sus fracasos, o a las circunstancias. ¿Por qué la gente tímida invierte estas pautas? ¿Por qué a las personas tímidas les resulta tan difícil aceptar el mérito personal ante sus resultados positivos?

Una explicación es que echarse la culpa de los fracasos y atribuir a otros la responsabilidad de los éxitos está de acuerdo con la visión interior que ya tiene el tímido de sí mismo.[7] Si usted se siente incapaz e inepto, lógicamente los fracasos deben ser culpa suya, y es obvio que no puede asumir la responsabilidad de los éxitos porque se siente incapaz e inepto. ¿Cómo podría haber "ganado"? Si usted se atribuyera los éxitos y desechara los fracasos, sería incoherente con la visión interna que tiene de sí mismo. Es difícil aceptar incoherencias. Es un rasgo humano peculiar ordenar la percepción de los acontecimientos de forma que armonicen con nuestra evaluación interior aun cuando ésta sea negativa.

Los estudios han demostrado que las personas tímidas mantienen sus autoconceptos negativos a pesar de las evidencias en contra. El psicólogo Stephen Franzoi, de la Universidad de California, pidió a personas tímidas y no tímidas que marcaran en una lista que les entregó los adjetivos que mejor las describían.[8] Luego solicitó a amigos de esas personas que marcaran en una lista idéntica los adjetivos que mejor describían a la persona amiga que participaba en el estudio. Los resultados mostraron tres cosas sumamente interesantes.

Primera, la gente tímida suele valorarse menos que la gente no tímida. Segunda, los participantes tímidos marcaron más adjetivos negativos para describirse que sus amigos. Tercera, cuando se mostró a los tímidos la evaluación que de ellos habían hecho sus amigos, se negaron a creer en las apreciaciones positivas. A las personas tímidas les resultó imposible admitir una retroalimentación positiva sobre ellas mismas.

Pruebe una versión casera del estudio de Franzoi. Escriba en su cuaderno de autodesarrollo todas sus características positivas, todas las cosas que le gustan de usted. Luego escriba en la línea superior de dos o tres hojas lo siguiente: "Lo que me gusta de ti es..." Pida a dos o tres personas amigas en las que confía que completen la expresión. Puede explicarles que está trabajando para sentirse mejor con usted mismo y que le gustaría saber cuál es la característica que ellos valoran más. Cuando reciba las respuestas compárelas con su propia lista. ¿Cuántas descripciones son similares a la suya? ¿Cuántas son diferentes? ¿Qué siente respecto de las descripciones que no figuraban en la lista? ¿Puede aceptarlas fácilmente como las sinceras opiniones de sus amigos?

Los tímidos tienen una memoria excelente para recordar todos sus errores y los episodios que les hayan producido más vergüenza. Cuando se les pide que hagan las listas de sus rasgos positivos y negativos y luego se les solicita que recuerden lo que escribieron, los tímidos se acuerdan mejor de los rasgos negativos que los participantes no tímidos.[9] Aún más significativo: los tímidos recuerdan menos rasgos positivos que los no tímidos.

Puede hacer un pequeño experimento. Siéntese con su cuaderno de autodesarrollo y escriba el recuerdo de un momento en que se sintió orgulloso de usted mismo. Cuando termine, escriba el recuerdo de alguna situación en la que se sintió avergonzado.

Una vez pedí a un grupo de estudiantes que hiciera el experimento. Las descripciones de los estudiantes tímidos de las situaciones en que se avergonzaron eran más largas y detalladas que las de los no tímidos, y los recuerdos de los triunfos eran más cortos. ¿Cómo son sus descripciones comparadas con las de aquellos estudiantes? ¿Es su descripción vívida del momento embarazoso más detallada que la del momento en que se sintió orgulloso?

La dedicación a los errores, la descripción vívida del momento de vergüenza, es el mejor antídoto contra el mejoramiento de su autoconcepto. Es imposible que se sienta bien si no puede reconocer sus virtudes. Usted produce un cortocircuito en el proceso de elaborar su autoestima al rechazar la autoaceptación positiva e insistir en culparse por los errores.

El miedo al rechazo tiene un papel igualmente dañino en la perspectiva negativa de la gente tímida. Cada vez que existe el riesgo de rechazo, los tímidos se protegen retrayéndose de la actividad social, reservándose sus pensamientos y fingiendo estar de acuerdo con los demás para no polemizar ni provocar el rechazo[10]. Si pensamos en la vida social como en un juego, vemos que los tímidos no intervienen para ganar: juegan para no perder.

Brandon, un hombre corpulento de treinta y nueve años, no tiene muchos amigos. "Tengo temor de acercarme a la gente por miedo al rechazo", dice. "Racionalizo y sé que la gente no está juzgándome pero me parece imposible superar ese temor". Los temores de Brandon no son totalmente infundados. La realidad es que la gente *nos juzga* así como nosotros la juzgamos. Pero el miedo al rechazo se vuelve irracional cuando nos impide acercarnos a las personas y hacer el esfuerzo de trabar amistad.

Que nos rechacen no significa que no valemos nada, pero para los tímidos el rechazo es la prueba de su falta de valores personales. No puede esperarse agradar a *todos*. Usted *será* rechazado por algunos y, en cuanto haga más vida social, usted mismo rechazará a veces la amistad que le ofrecerán otras personas. Los seres humanos no siempre congenian.

De vez en cuando conocerá a alguien que está en un mal día. Usted no tiene nada de malo pero esa persona no tiene el ánimo para mostrarse amistosa. Esa persona puede haber recibido un lavado de cerebro del jefe, haberse peleado con el cónyuge o simplemente tener un día en que "todo sale mal". Sin embargo, una y otra vez los tímidos se sienten rechazados en esa situación. Piensan que han provocado el malhumor de esa persona. "¿Qué he hecho mal? ¿He dicho algo inoportuno?" No, no se trata de nada de eso. No suponga automáticamente que usted es la causa del malhumor de alguien, ya sea un conocido, un amigo o su pareja.

La expectativa de ser aceptado por todos, siempre, no es realista. "O agrado a todos o a nadie." Hay muy pocas personas en nuestra vida que se acerquen siquiera a aceptarnos o querernos incondicionalmente. Esas son relaciones muy especiales que uno atesora por su rareza.

CAMBIE DE ACTITUD: ¡PIENSE COMO UN GANADOR!

Como dijimos antes, cada uno de nosotros comienza a sentirse consciente de sí mismo a medida que experimenta cambios físicos y representa nuevos papeles en la última etapa de la infancia y comienzos de la adolescencia. Ese estado de autoalerta puede continuar obsesionándonos en la edad adulta, cuando la vida nos presenta circunstancias que disminuyen nuestra autoestima y fortalecen nuestros sentimientos de timidez.

La forma como usted se presenta y juzga sus atractivos suele reflejar sus sentimientos de inferioridad. Además de eso, un razonamiento defectuoso dirige sus procesos mentales. La autoimagen negativa se fortalece porque usted se concentra en sus aspectos negativos negándose la responsabilidad por los éxitos, y por un profundo miedo al rechazo.

Ha llegado el momento de dejar de pensar como un perdedor y reprogramarse para *pensar como un ganador.*

¿Tiene la copa medio vacía o medio llena? Los estudios sobre las personas optimistas y pesimistas han demostrado grandes diferencias en la forma como esas dos personalidades extremas comprenden el mundo[11]. Los optimistas controlan el estrés mejor que los pesimistas, y reaccionan ante los fracasos elaborando un plan de acción, pidiendo ayuda y consejos. Los optimistas enfocan la vida con una actitud que dice "puedo".

Es probable que los pesimistas supongan que no pueden hacer nada para mejorar las cosas y que lo mejor que pueden hacer es no intentarlo. El optimista controla su mundo y ve las dificultades como cosas que pueden remediarse si se enfocan correctamente. Los optimistas intentan cambiar el estado de cosas. Los pesimistas dejan que los acontecimientos decidan sus destinos. Ven las dificultades como el resultado de su incapacidad y consideran que ésta va a ser permanente.

Las personas tímidas son pesimistas. Suponen que ocurrirá lo peor, ven sólo las dificultades y se dicen que no podrán superarlas[12]. Las personas sociables son optimistas. Tienen en cuenta los resultados positivos, buscan la ayuda de otras personas y, cuando las cosas no funcionan, ven a las dificultades como un retraso temporal del éxito.

Si usted es una persona tímida, una de las mejores cosas que puede hacer por usted es cambiar esta forma de pensar pesimista. Sea realista pero trate de pensar de forma optimista. Voy a darle algunos ejemplos de pensamientos pesimistas *versus* optimistas.

Pensamiento pesimista	*Pensamiento optimista*
Mi primer día en el trabajo...	¡Mi primer día en el trabajo!
Pareceré un idiota porque no sé nada y es probable que la gente no simpatice conmigo.	Será espléndido: aprenderé cosas nuevas y conoceré gente.

¿Qué pasa? ¡No sé qué son esos números! Sabía que fracasaría.

Otra vez estoy haciendo las compras sola. Seguro que todos se preguntan por qué estoy sola.

¿Y si el doctor Samuels me pregunta si sigo fumando? Los médicos me ponen nervioso. Estaré balbuceando excusas.

¿Por qué ella se interesó tanto por mis hobbies? No soy interesante. ¿Qué le diré?

¿Qué pasa? No se qué son esos números. Pediré a Bob que me ayude.

Me encanta hacer las compras sola. Las hago a mi ritmo y voy a las tiendas que quiero.

El doctor Samuels va a retarme porque fumo. ¡Será mejor que vaya preparado!

¡Está interesada en mí! Ha hablado de galerías de arte, así que le contaré que he seguido un curso de arte moderno.

¿Se da cuenta? ¿Recuerda que dije en el capítulo 1 que usted debe aprender a observar su conducta? También tiene que aprender a controlar sus pensamientos. Piense en los últimos días y vea si puede recordar algunos de los pensamientos negativos que ha tenido durante sus encuentros con la gente. Escríbalos abajo, en la columna de la izquierda o en el cuaderno de autodesarrollo y piense cómo podría convertirlos en manifestaciones optimistas. Anote las nuevas manifestaciones en la columna de la derecha.

Mis recientes ideas pesimistas	*Mis recientes ideas optimistas*

Cada vez que se descubra pensando como pesimista, de inmediato vuelva a formular la idea de forma optimista. Acostúmbrese a atrapar sus pensamientos negativos y a darlos vuelta antes de caer en el pozo del pesimismo y la baja autoestima.

COMO CULTIVAR LA AUTOACEPTACION

Aumentar la autoestima lleva tiempo, y nadie aprende a gustarse de la noche a la mañana. Los pensamientos negativos de la mayoría de las personas funcionan como propulsados por una fuerza centrífuga constante, así que invertir el sentido de los pensamientos requiere la práctica diaria con dedicación hasta que se convierte en hábito y éste llega a ser algo totalmente natural.

Debe decirse: "De mi depende que hoy tenga un día mejor y que esta semana sea mejor que la anterior". Con la práctica puede llegar a sentirse bien con usted, con lo que es. Para comenzar, pruebe este ejercicio. En el cuaderno de autodesarrollo, termine la frase siguiente de tantas formas como pueda:

"Soy una persona a la que le gusta ——— ".

Como podría ser que al principio no anotara nada, compartiré con usted algunas de mis opiniones al respecto:

Soy una persona a la que le gusta...

- aprender cosas y hablar de ellas con otros.
- dar largos paseos por el campo.
- ver películas australianas.
- escuchar música de la década del 60.
- hacer barbacoas en el jardín.
- pasar tiempo con mi familia
- viajar al extranjero
- coleccionar arte haitiano.

Otro ejercicio que puede hacer para mejorar su actitud emocional hacia usted mismo es uno que me dio un consejero hace muchos años. Para que saliera de la depresión que me produjo el final de un romance, el consejero me dijo que me mirara al espejo todas las mañanas y dijera: "Buenos días. Me gustas. Eres mi mejor amigo". Suena tonto, ¿no?

Al principio, aunque repetía las palabras todas las mañanas no lo hacía con convicción. Pero a medida que pasaba el tiempo, empecé a sentirme cada vez mejor. Con lentitud pero con seguridad estaba reprogramando la manera de pensar sobre mí.

Creo que usted podría agregar algo a este ejercicio. Vuelva a la tarea anterior, aquella en la que hacía la lista de sus cualidades y las comparaba con las que otras personas habían hecho. A las tres frases que ha aprendido a decirse, agregue una cuarta: "Usted es _____." Llene el espacio con cualquier descripción positiva que haya hecho algún amigo y que a usted le haya costado aceptar. Repítasela hasta que se reprograme para creerla. Luego pase a la siguiente de la lista que más le haya costado creer.

LOS ALTIBAJOS

Sentirse bien con uno mismo produce euforia. El problema es que todos sufrimos altibajos. Después de un período en el que se ha puesto en contacto con todo lo que se tiene de maravilloso, de repente se encuentra en un mal día. Por favor, no piense que ha perdido todo lo que tanto le costó ganar. No se permita caer víctima otra vez del pesimismo y de lo negativo. Usted no ha fracasado. Sólo está pasando por un día malo.

En los días malos, revitalícese. Le hago algunas sugerencias:

- Use los ejercicios de relajamiento que ha aprendido en el capítulo 2 para calmarse y recuperar su tranquilidad interior.
- Si siente que realmente ha cometido un error en algo que ha hecho o dicho, aprenda algo de ese error. Visualice qué diría o haría en otra ocasión similar, pero no se hunda en la culpa.
- Piense en todas las cosas positivas que ha logrado últimamente y dese una palmadita mental en la espalda.
- Es fácil recaer en la costumbre de los pensamientos negativos, así que recuerde practicar los ejercicios respecto de los pensamientos positivos para desalojar los otros.
- Vuelva a mirar las listas que hicieron sus amigos sobre lo que les gusta de usted y céntrese con intensidad en sus aspectos más brillantes.
- Cuando la vida se presenta caótica en un mal día, tómese un recreo de diez o quince minutos. Busque un lugar tranquilo para sentarse un rato o dé un corto paseo a pie y planifique alguna estrategia para mejorar ese día.

- En casa, al final del mal día, haga algo para volver a ponerse en contacto con su parte positiva. Acomódese en un sillón con un libro, dese un largo y caliente baño, prepare su comida favorita, llame a algún amigo, no atienda el teléfono, acuéstese temprano sabiendo que mañana mejorarán las cosas.

Use cualquiera de esas estrategias para ahogar los sentimientos de poca autoestima que brotan. No ceda a los pensamientos negativos y no repase una y otra vez el mal día. Siga practicando los ejercicios para aumentar su autoestima. La perseverancia le llevará al éxito.

A medida que mejora su autoestima descubrirá que la timidez comienza a desvanecerse. Sentirá que es más fácil acercarse a personas que no conoce, hablar con su jefe o con otras autoridades. No le resultará tan intimidante ir a lugares desconocidos o participar de alguna actividad en grupo. En lugar de suponer automáticamente que usted no va a agradar a los demás, se sentirá más seguro de que es una persona atractiva con quien los otros desean pasar el tiempo.

4
La trampa de centrarse en sí mismo

En el filme *Annie Hall* hay una estupenda escena: Diane Keaton y Woody Allen están tomando un trago en la terraza del apartamento de Annie al poco tiempo de haberse conocido. Los subtítulos expresan lo que están pensando mientras hablan. Woody le pregunta a Keaton por las fotos de familia que ve colgadas en la pared. (Los pensamientos están entre paréntesis).[1]

Allen: —¿Son tuyas esas fotos?
Keaton: —Sí, sí... Soy aficionada, ¿sabes?
(¡Aficionada! Parezco una estúpida.)
Allen: —Son buenísimas. ¿Sabes?, tienen... tienen calidad.
(Qué guapa eres.)
Keaton: —A lo mejor me apunto a un curso de fotografía.
(Seguro que creerá que soy una imbécil.)
Allen: —La fotografía es muy interesante... Es una nueva forma de arte con un conjunto de criterios estéticos aún no formulados.
(¿Cómo será desnuda?)
Keaton: —Criterios estéticos... ¿Quieres decir para juzgar si una foto es buena o no?
(No soy lo bastante inteligente para él. Veré qué pasa.)
Allen: —El medio entra como una condición de la forma artística.
(No sé lo que estoy diciendo: ella se da cuenta de que soy superficial.)
Keaton: —Bueno... para mí, yo... quiero decir que es todo instintivo. Trato de sentirla... Trato de tener una sensación cuando tomo la fotografía sin pensar demasiado.
(Dios. Espero que no resulte un cretino como los otros.)

71

Allen: —Pero igual necesitas un conjunto de normas establecidas para ponerlas en el contexto social.

(¡Cristo! Sueno como una radio FM. Relax.)

Esta brillante escena es un ejemplo soberbio de la trampa del estar absorto en sí mismo. La tímida Keaton piensa que puede parecer una imbécil, cree que no es tan inteligente como Allen y finalmente se anima con la idea de que él puede ser tan cretino como los demás. A Allen le distrae la atracción sexual que siente por Keaton y luego comienza a castigarse diciendo tonterías que hacen que parezca una falsa autoridad en el tema.

Todo el mundo quiere causar una buena impresión. Pero cuando *toda* su atención está concentrada en la forma como usted está actuando y en imaginar lo que piensan de usted, se vuelve contraproducente. Está absorto en usted mismo porque tiene miedo de mostrarse mal. Agudamente consciente de usted como ser social, empieza a observar todo lo que hace y dice, y se da cuenta de las discrepancias entre el comportamiento real y el ideal. La confianza en usted mismo vacila y entonces cae en la trampa de estar absorto en sí mismo.

¿EN QUE ESTA PENSANDO?

Un estudio, que dirigimos mi colega Lisa Melchior y yo, reveló cosas muy interesantes sobre la autoabsorción.[2] Presentamos a pares de personas constituidos por una persona tímida y una no tímida y las dejamos a solas para que hablaran sobre lo que quisieran durante cinco minutos. Cuando terminaron, preguntamos a cada uno en qué había estado pensando durante el tiempo que estuvieron reunidos. *Los participantes no tímidos se habían preocupado por sí mismos el veinte por ciento del tiempo, pero los tímidos lo habían hecho el cuarenta por ciento del tiempo.* Las personas tímidas se preocuparon por sus aptitudes sociales y su manera de conversar en lugar de concentrarse en la otra persona. Para empeorar las cosas, sus pensamientos, como los de Annie Hall, fueron principalmente negativos.

Mantener una conversación vivaz y sentirse cómodo socialmente son situaciones que no se producirán si usted está evaluándose constantemente. Como está tan preocupado con sus pensamientos, pueden pasársele por alto las claves que den los demás demostrando que usted está participando bien. Puede estar yéndole mejor de lo que usted cree. Las personas tímidas deben pasar menos tiempo prestándose atención a ellas mismas y y más tiempo prestando atención a los que les rodean.

¿ES EGOISTA LA GENTE TIMIDA?

Después de haber sido entrevistado respecto de mi trabajo sobre la timidez en U.S. *News & World Report*, recibí la carta de una lectora de la revista haciéndome la pregunta.

Estimado profesor Cheek:

Cuando estaba creciendo, sufría de timidez. Mi madre, en un esfuerzo por curarme la timidez, me decía que era una forma de egoísmo. Como nunca oí ni leí que la timidez fuera una forma de egoísmo, llegué a la conclusión de que mamá estaba equivocada y quizá desesperada por mi timidez. ¿Qué opina usted?

Barbara M.

A veces los demás creen que la gente tímida es egoísta, pero están equivocados. Cuando estudié ese aspecto de la timidez, descubrí que las personas tímidas pueden *parecer* egoístas. Aquellos cuyo problema es sobre todo los pensamientos angustiosos y las preocupaciones, están absortos en sí mismos y afligidos por sí mismos[3]. Cuando usted está inmerso en sus propios pensamientos no presta atención a las personas que están a su alrededor. Como los demás ignoran lo que está pasando por su mente (no tienen capacidad telepática) pueden interpretar su conducta como egoísta.

LO QUE OTROS OPINAN DE LOS TIMIDOS

¿Qué es lo que la gente con aplomo en la vida social piensa de los tímidos? Simplemente no entienden que usted quede paralizado por los pensamientos angustiosos y las preocupaciones. Creen que usted fracasa en las situaciones sociales porque no hace ningún esfuerzo para ser más sociable. Y los motivos que les llevan a opinar de esta manera están relacionados con su propia manera de ver el mundo. Cuando las personas que no son tímidas tienen éxito en las experiencias interpersonales, dan el crédito del éxito a los rasgos de su personalidad y a su capacidad. Cuando tienen algún fracaso, culpan a alguna causa externa. Por ejemplo, se dicen que lo intentaron pero que la otra persona no se mostró amistosa. Naturalmente creen que todos piensan como ellos. Así que cuando están con una persona tímida, que no puede desenvolverse en la vida social, imaginan que esa persona no está haciendo lo posible por manejar la situación.[4]

Los investigadores han descubierto que la gente tímida cree que sus fracasos sociales se deben a su falta de habilidad para las relaciones interpersonales. Cuando Lynn Alden, de la Universidad de British Columbia, dirigió un estudio en el que a los participantes se les daba a veces retroalimentación positiva y a veces negativa por su desempeño social, los tímidos creían en la retroalimentación negativa y no en la positiva.[5]

Cuando usted se siente responsable de los fracasos sociales y cree que la culpa reside en usted, está perpetuando el sentimiento de que siempre será un fracasado social. Pero está en un error. Está privándose de la retroalimentación positiva y echándose la culpa sin necesidad. En cuanto comience a cambiar de actitud mediante los ejercicios que indicaremos más adelante en este capítulo, busque las pequeñas mejoras en su conducta —no grandes cambios— y dése una palmada en la espalda por cada esfuerzo que haya hecho para ser menos tímido. No se permita caer en el círculo vicioso de sentirse culpable.

UNA AYUDA PELIGROSA

Erica, de veinticuatro años, siempre ha sido tímida con la gente; a pesar de eso, está ansiosa por establecer una relación fácil con las personas que conoce. Por desgracia sigue el camino fácil en la batalla contra la timidez: "Tengo conciencia de mí hasta cuando camino por la calle", dice. "La timidez me ha convertido en alcohólica: parece que puedo hablar mejor cuando he bebido."

La droga de "autoayuda" para disminuir la angustia y la autoabsorción de la que se dispone con más facilidad es el alcohol.[6] El alcohol enmascara la angustia y disminuye rápidamente las inhibiciones. Pero esa "autoayuda" rápida es una asesina. El alcoholismo puede destruirlo a usted y a su vida; y cuando conduce un coche en estado de ebriedad, usted es un arma letal detrás del volante. Es una estrategia ineficiente y dañina. No tiene nada de malo beber un poco en sociedad pero usted debe aprender otros métodos para afrontar la vida social.

Siempre están ocurriendo tantas cosas en el mundo que es imposible dar sentido a todo lo que oímos y vemos. Lo que hacemos es elegir la información que nos parece interesante. ¿Recuerda alguna vez haber oído que alguien le llamaba en un salón lleno de gente? A pesar del ruido de las conversaciones a su alrededor, usted reconoció algo importante para usted: su nombre. Los psicólogos llaman a esto "el fenómeno de la fiesta de *cocktail"*. Aunque estemos enfrascados en una conversación, nuestros oídos continuamente escuchan todas las voces que nos rodean. Sólo cuando recogen algo significativo nos alertan a que escuchemos una conversación que está realizándose a cierta distancia.

Piense en su mente como si fuera un programa de ordenador, que debe recibir información con un cierto orden y sólo de ciertas partes del tablero. Si usted entra información o la pide en el lugar equivocado el ordenador rechaza el pedido. Somos un poco como los ordenadores en el modo de reconocer la información que continuamente asalta nuestros ojos y oídos.

Como tímido, perturbado por pensamientos angustiosos y preocupaciones, su mente continúa pasando el programa de "fracaso social". Cada vez que se encuentra en una situación de la vida social, su astuto cerebro selecciona y tiene lista para entregar la información que pide su programa. No tiene en cuenta la información que dice que usted es un éxito social. No responde al programa. Es rechazada: no se computa.

Cuando usted recuerda los acontecimientos del día, en el trabajo o en una velada social, ¿en qué se centra? En los ítems almacenados en su modelo de procesado de la información: su programación interna. Usted recuerda hasta en sus más mínimos detalles lo que ha hecho y dicho mal y así confirma su opinión de que es un inepto social.

Pero su mente almacena mucho más que información, como ha explicado teóricamente el psicólogo Gordon H. Bower[7]. Los sentimientos y el acontecimiento que lo produjo residen en su memoria. Cuando estamos de buen humor es más fácil recordar los buenos momentos y, a la inversa, cuando estamos apesadumbrados recordamos con mayor facilidad los acontecimientos tristes. Bower piensa también que la emoción actúa como un filtro selectivo en nuestro modo de percibir la gente y las situaciones. Por ejemplo, cuando esperamos momentos felices percibimos fácilmente las cosas que confirman que el acontecimiento es feliz. Pero cuando el "filtro de timidez" está colocado, sólo notamos los silencios en una conversación, el dibujo de mosaicos del suelo y los molestos momentos de soledad entre las conversaciones.

Ahora apliquemos las ideas de Bower a la timidez. Imagínese con el filtro de timidez colocado. Usted llega a la excursión organizada por la empresa en que trabaja. El termómetro de la angustia empieza a ascender. ¿Por qué conoce a tan pocas personas? Porque la empresa ha duplicado su tamaño y eso ha producido el aumento de compañeros de trabajo, con sus cónyuges e hijos. Mira frenéticamente a su alrededor en busca de un rostro conocido. Oh, ahí está Bob del Departamento de compras, se dice usted. Pero está hablando con alguien que usted no conoce. El nivel de angustia ya es muy alto. ¿Iré hasta donde están ellos? ¿Y si interrumpo algo privado? Usted no conoce tanto a Bob; quizá a él no le agrade que usted se meta en la conversación. Usted está paralizado sin saber adónde dirigirse. Entonces alguien grita por los altavoces: "¡En fila! ¡La comida está lista!" La multitud se desplaza hacia la mesa. Guiado por el aroma de las hamburguesas y las salchichas usted piensa: "No conozco a nadie aquí. ¿Con quién voy a hablar? ¿Con quién voy a comer? Voy a sentirme como un tonto en la fila para pedir una hamburguesa sin tener a nadie al lado para conversar. Va a ser una tarde horrible. Debería irme ya. ¿Para qué habré venido?"

Más tarde, cuando piensa en esa tarde recuerda no lo que hizo en la excursión, sino lo que sintió. Toda la duda y la angustia que soportó, todas las premoniciones respecto a que ese habría de ser otro fracaso en su calendario social. Y otra vez siente el calor de la vergüenza al recordar aquel momento horrible cuando volcó la ensaladilla rusa en la solapa de Bob y cuando llamó por otro nombre al marido de Nancy. Con una punzada de soledad, vuelve a sentir el aislamiento de estar sentado un poco aparte de los demás durante el partido de vóleibol. El filtro de timidez ha realizado su trabajo: ha elegido los acontecimientos del día que confirman sus temores más fuertes.

Pero, ¿qué hubiera ocurrido si hubiese cambiado el filtro emocional? ¿Qué hubiera sucedido si hubiese estado deseando ir a la excursión para gozar de la compañía de la gente en lugar de horrorizarse ante la idea? En lugar de ver un gran grupo de gente desconocida, usted ve a algunos compañeros de trabajo y a algunas personas que le interesaría conocer. Más tarde, al recordar los acontecimientos del día, usted se centrará en aquel chiste que le contó su jefe. Se acordará con placer de haber charlado con el marido de Nancy y decidirá tener más en cuenta los nombres de las personas la próxima vez que le presenten a un grupo de gente. Y en lugar de sentarse apartado de todos durante el partido de vóleibol, se sentará entre los espectadores para cambiar impresiones. En conjunto, recordará ese día con placer, como una salida que le gustó.

Cuando se programa internamente para fracasar socialmente y pone en su lugar el filtro de timidez, no es asombroso que usted esté centrado en cualquier cosa menos en la situación presente. Toda su atención está dirigida hacia adentro, con algunos destellos ocasionales de breve conversación, del aspecto y los gestos de otros, que responden al programa de fracaso social. Su humor y su mente están preparados para otro encuentro social que les desilusione.

Su programa de fracaso social se basa en una serie de creencias en las que se apoya y que lo alimentan. A su vez esas creencias sintonizan la voz de su interior que exclama: "¡Otra vez estás haciéndolo mal!"

Ahora que sabe cuánto afecta su vida la programación negativa, es posible cambiar el programa para crear experiencias y recuerdos positivos. Pero antes de describir los ejercicios necesarios para efectuar el cambio, es importante discutir el impacto del pensamiento y las creencias irracionales de la gente tímida.

EL PENSAMIENTO Y LAS CREENCIAS IRRACIONALES

Los tímidos tienen muchas creencias irracionales respecto de sí mismos y de las situaciones sociales en que se encuentran.[8] Las creencias irracionales van progresando hasta llegar a ser predicciones catastróficas. Se basan en las tres premisas siguientes:

1. Todos deben quererme y aprobarme todo el tiempo, si alguien no lo hace, no podré soportarlo.
2. Debo ser socialmente perfecto para pensar que valgo; si fallo en mi comportamiento y las cosas andan mal, sabré a quién culpar: a mí.
3. Si las situaciones no se desenvuelven como yo creo que deberían hacerlo, es culpa mía.

Me he referido a la Premisa 1 en el capítulo anterior, pero permítanme señalar nuevamente que no es realista la expectativa de que *todos* nos quieran y aprueben. No es un desastre si usted no le gusta a alguien. Pensar de otra manera puede convertir en una catástrofe la experiencia de cada día.

La Premisa 2 significa que usted tiene criterios demasiado altos para su actitud. No hay nada de malo en los criterios altos, pero nadie es perfecto. Sentirse como un idiota o un fracasado es derrotista. La peor parte de la Premisa 2 es cuando los tímidos llegan a una conclusión a raíz de un solo incidente. Por ejemplo, usted ha efectuado un comentario torpe en una cena y cree que ha arruinado la velada no sólo a sí mismo sino a todos los demás.

La Premisa 3 supone que usted tiene el control total. Es un error muy grave. Nadie lo tiene. Usted no tiene el poder suficiente como para decidir ninguna situación. Puede hacer lo posible por crear situaciones sociales positivas, pero culparse porque las cosas resulten menos que perfectas es negar el impacto de las otras personas. Ellas también contribuyen al éxito o el fracaso del encuentro social.

DISCUTA SUS IDEAS IRRACIONALES

Cada vez que inicie la serie de pensamientos irracionales, formúlese estas cuatro preguntas:

1. ¿Es eso probable o posible?
2. ¿Sería tan catastrófico aunque ocurriera?
3. ¿Qué es lo real de la situación?
4. ¿Qué es más importante creer?

Veamos un ejemplo de discusión de los pensamientos irracionales. Landon, de cincuenta y cinco años, es el dueño de una librería a la que suelo ir los domingos por la tarde. Es un hombre muy tímido que me confesó un día que no podía entrar solo en un lugar lleno de gente. "Me sentiría muy mal", dijo apoyándose sobre una pila de libros cerca de la caja registradora. "Siempre siento que nadie querría hablar conmigo y que me dejarían solo." Mientras me contaba eso estaba visiblemente alterado. Le ofrecí unos consejos para que luchara contra los pensamientos irracionales. Le dije lo siguiente:

1. Es *físicamente* posible para mí entrar en un lugar solo. Son mis pensamientos negativos los que me lo impiden. También es muy poco probable que ni una sola persona me dirija la palabra. Creo que estoy exagerando un poco.
2. Si me niego a entrar en un lugar lleno de gente, lo peor que puede pasar es que pierda la oportunidad de distraerme o de aprender algo. Aunque nadie me hablara, no sería el fin del mundo.
3. Lo que es cierto de la situación es que casi todos sentimos lo mismo al entrar en un salón lleno de gente. No soy el único a quien eso le pone nervioso.
4. Para mí es importante creer en mí mismo: pensar que puedo hacerlo.

Es probable que otras personas también se sientan un poco incómodas en este mismo lugar. ¡Y esa es una buena oportunidad para iniciar una conversación con alguien! También es importante para mí recordar que soy una persona interesante, que está aprendiendo a relajarse en situaciones sociales.

Tenga cuidado cuando refuta sus pensamientos irracionales. Usted no intenta crear meras racionalizaciones. Si en el paso 4 Landon dijera: "No me importa si la gente me habla o no; si no se dan cuenta de que soy una persona interesante es problema suyo, no mío", estaría racionalizando. Pero el objetivo de Landon es realista. El quiere agradar a las otras personas. Quiere aprender a sentirse más cómodo en las reuniones sociales y a admitir que un pequeño error no es una catástrofe. Eso también es realista[9].

Algunas personas tímidas me han dicho que les resulta difícil nombrar sus pensamientos irracionales. Si usted tiene esa dificultad, pregúntese qué está sintiendo y luego por qué se siente así. Si está angustiado pregúntese: "¿Por qué me siento angustiado?" Y podría contestarse: "Porque no quiero escribir el informe mensual". "¿Por qué no quiero escribirlo?" le llevaría entonces al pensamiento irracional: "Porque creo que no puedo hacerlo".

Si persisten las dificultades una vez que ha identificado la idea irracional, continúe formulándose las siguientes cinco preguntas:

1. ¿Qué conducta apoya mi pensamiento irracional?
   (¡Retardar! Trabajar en otras cosas que podrían esperar hasta que el informe estuviera terminado.)
3. ¿Qué creencias apoyarían mi comportamiento?
   (Redacté un buen informe el mes pasado, así que sé que puedo hacerlo bien este mes.)
4. ¿Qué pasará si no cambio mis ideas y conducta?
   (Debo escribir ese informe pero he perdido un tiempo valioso tratando de convencerme de que no puedo hacerlo.)
5. ¿Qué podría suceder si cambiara mis ideas y conducta?
   (Afrontaría la tarea con más entusiasmo y haría el trabajo con tiempo suficiente y gran satisfacción.)

Ahora debe tomar su cuaderno de autodesarrollo y repasar sus situaciones de timidez descriptas en el capítulo 1. Comience por la última parte de la lista —la situación menos incómoda— y escriba sus pensamientos irracionales sobre la situación. Luego discútalos. Vaya ascendiendo en la lista y vea cuántas de sus situaciones de timidez le producen la misma idea o temor irracional. Cada vez que apareza la circunstancia que hace subir la angustia en el termómetro, haga un alto y preste atención a sus pensamientos. Contésteles. Hágalos callar antes de que lo mortifiquen. Parecería un ejercicio largo y tedioso pero es vital si usted desea realmente vencer su timidez. Voy a darle algunos datos para mejorar la eficacia del ejercicio. Lo principal es que no trate de completar la tarea en una sola tarde. Elabore un plan para tratar una situación por día o día y medio o en el tiempo que le sea posible. Segundo: tenga fe en el ejercicio. Realmente funciona. Los psicólogos han realizado lo que llaman "estudios de resultados" en los que comparan la eficacia de diferentes métodos de tratamiento. Esos estudios han demostrado que se producen mejorías reales cuando las personas trabajan con ahínco en la reestructuración de sus actitudes ante ciertas situaciones.[10]

Los pensamientos y las creencias irracionales proporcionan el fundamento para la autoevaluación negativa. Por consiguiente, al disminuirlos usted da un paso hacia el cambio de su programa.

AUTOEVALUACIONES NEGATIVAS

"Socialmente soy torpe... ¿Por qué siempre cometo errores?... Probablemente se están riendo a mis espaldas... ¡No sé qué decir! Se me ata la lengua en las reuniones; la gente va a terminar por no invitarme... No tengo la menor probabilidad de que me asciendan; no tengo méritos... Es probable que él piense que soy raro... Mejor no digo nada: quedaré mal seguramente... No puedo ir a verle y hablarle: él ni sabe que existo...
Los tímidos son propensos a tener la mente llena de esas ideas[11].

Todas son autopercepciones y todas negativas. A veces usted se da cuenta de sus pensamientos negativos; otras veces van desfilando por la mente sin que usted sea consciente de ellos. Y mientras está llenando la mente con conceptos negativos, sus sentimientos negativos respecto de sí mismo se generalizan y constituyen el miedo a no ser aceptado por los demás.

Lo que nos decimos a nosotros mismos afecta profundamente nuestro comportamiento y la manera en que percibimos las situaciones sociales. Es importante que usted aprenda a controlar a su crítico interior y a defenderse contra él. La clave para esto son las autovaloraciones positivas que ayudan a eliminar los pensamientos negativos y a la autorreprogramación para el éxito social.

COMO PASAR DE LAS AUTOVALORACIONES
NEGATIVAS A LAS POSITIVAS

Las autoevaluaciones negativas conducen a un miedo al rechazo que es a menudo la expresión de la no aceptación de la propia personalidad. Así suelen ser cuando hay una entrevista para un nuevo empleo en perspectiva:

Autovaloraciones negativas	*Miedo al rechazo*
Es probable que no quieran contratarme.	Creo que nunca encontraré un buen trabajo.
Me siento incómodo durante esas entrevistas así que seguramente voy a arruinar todo.	Me va a ir mal y jamás recuperaré la confianza en mí mismo.
Lo más probable es que parezca que no sé de qué estoy hablando.	Voy a horrorizarme si me expreso mal.
Me sentiré torpe y tonto; el que me entreviste se preguntará por qué me interesa el empleo.	Me sentiré muy mal si no me dan el trabajo.

Los pensamientos como esos nos impiden entrar con buen pie. Por otra parte, el pensamiento positivo es la consecuencia de la autoevaluación positiva. Compare las ideas negativas anteriores con las positivas que siguen:

Autovaloraciones positivas	*Conceptos positivos*
A esta empresa pueden interesarle mis conocimientos.	Lo peor que puede suceder es que mis conocimientos no sean los que necesitan.
En cada entrevista me siento más tranquilo y mejora mi dominio de la situación.	Con cada entrevista me acerco más al empleo que quiero.

Señalaré mis aptitudes para ese trabajo y que mi preparación es la adecuada.	Si no sé la respuesta a una pregunta, no es un desastre.
Me presentaré de forma positiva y enfocaré la cuestión de si soy apto o no para el empleo.	Si no me contratan, seguiré buscando hasta encontrar lo que me convenga.

Coja su cuaderno de autodesarrollo, busque en la lista de situaciones de timidez y vuelva a elegir alguna de las menos incómodas del final de la lista, ésas que suceden a menudo. La próxima vez que se encuentre en esta situación, al principio no cambie su actitud. Solamente controle sus pensamientos y las conclusiones que saca de ellos para el manejo de la situación. Escriba todas sus declaraciones negativas y las falsas generalizaciones que provocan. Luego vuelva a escribirlas pero ahora transformadas en declaraciones positivas y conceptos positivos en lugar de los negativos. La próxima vez que usted se encuentre en esa situación y lo asalten las autovaloraciones negativas, transfórmelas de inmediato en las positivas que ha anotado en el cuaderno. Cuando se encuentre en su situación de timidez y surjan automáticamente las declaraciones positivas, pase a la situación que sigue en la lista y trabájela. Continúe trabajando las situaciones de la lista hasta que llegue al final.

Tenga presente que no está tratando de cambiar nada de su *conducta* con este ejercicio. Solamente está cambiando la manera como *piensa* sobre usted en sus situaciones de timidez. Nadie sospechará que está trabajando en silencio para superar su timidez. Es un método que salió airoso de los estudios de resultados. Realmente le *ayudará* a desembarazarse de los pensamientos negativos y a afrontar las situaciones sociales con más seguridad.

LA DESCENTRALIZACION: COMO CAMBIAR LA MANERA DE ACTUAR

Cuando comienza a aprender a hablarse de una forma que le ayuda, también necesita aprender a cambiar el foco de su atención —usted mismo— a otras personas. La descentralización es una técnica que puede usar a fin de desarrollar sus aptitudes para observar, escuchar, responder e iniciar conversaciones[12]. Practicada en situaciones sociales, esta técnica hace que sea imposible que usted esté absorto en sí mismo. Después de todo, no puede estar pendiente de usted y de los demás al mismo tiempo.

La forma más fácil de explicar la descentralización es mediante un ejemplo. Renee es una redactora técnica de veintiocho años que trabaja para un gran banco de San Diego. Si bien es sumamente hábil para escribir notas en los informes anuales y otras publicaciones financieras del banco es muy retraída cuando debe hacer cierta vida social con sus compañeros de trabajo. Preocupada por la idea de no resultarles simpática, se priva de la compañía. En lugar de reunirse con los colegas los viernes a la noche en el bar, se va sola a su apartamento vacío. Pero ahora Renee ha decidido cambiar y ha empezado a utilizar un cuaderno de autodesarrollo.

Revisando la lista de sus situaciones de timidez, Renee elige la del descanso de media mañana para tomar un café como la mejor para empezar los ejercicios de descentralización: es una situación menos amenazadora que la reunión en el bar con las risas y los chistes de tono subido.

Cuando se reúnen todos a media mañana alrededor de la máquina expendedora para tomar el café y las galletitas, lo primero que hace Renee es observar a todos (sin mirarlos fijamente). Atiende a sus posturas, a los gestos, las expresiones y a lo bien que todos mantienen el contacto visual. Cuando llega a casa por la noche anota sus observaciones. Ha notado que Christopher tiene la costumbre de frotarse la frente cuando piensa cómo contestar alguna pregunta. Shannon mira directamente a los ojos con toda audacia. Cory nunca sería un buen jugador de póker: Renee casi pudo saber qué iba a decir por la expresión de su rostro. Cada vez que se inmiscuye algún pensamiento negativo, Renee cambia la dirección de su mente hacia sus ejercicios de observación.

Una vez que se siente cómoda en su papel de observadora, Renee pasa a la segunda etapa: escuchar. En casa anota todo lo que recuerda de la conversación a media mañana. Cada vez le resulta más difícil centrarse en sí misma. Exige mucha atención escuchar y recordar lo que se charló esa mañana. Cuando lee las notas de varios días de conversaciones, observa que esas personas que tanto temía son comunes y hablan de temas comunes. Pocas son conversadoras brillantes, pero todas resultan simpáticas y gozan de la mutua compañía. Ahora Renee se da cuenta de que es tan capaz de mantener una conversación como sus compañeros de trabajo.

La etapa siguiente es más dura: requiere absolutamente toda su atención. Renee debe aprender ahora a integrar los gestos, las expresiones y el tono de las voces con el contenido de la conversación. Descubre que Christopher se frota la frente cuando no está de acuerdo con alguien y va a discutir. La voz de Shannon baja una octava cuando está furiosa por algo. Las expresiones faciales de Cory resultan muy notables cuando está entusiasmado con algo: un nuevo programa de la empresa, el partido de béisbol de la noche anterior o el argumento de la última novela de espionaje que ha leído.

Casi sin darse cuenta, Renee ha aprendido a escuchar de forma activa. Se siente cómoda con el grupo con que toma el café a media mañana. Y le bullen las ideas en torno a las conversaciones. Se ha descentralizado tan bien que ya es raro que tenga pensamientos negativos o preocupaciones referentes a ella misma. Toda su atención se dirige a las otras personas y a la charla.

Ahora es fácil para Renee intervenir en la conversación: por primera vez sabe de qué se está hablando. Ha aprendido tan bien los hábitos de sus compañeros que sabe cuándo Cory se siente deprimido y cuándo Shannon está nerviosa por algo. Interpretando las claves, Renee puede iniciar la conversación diciendo: "Pareces deprimido Cory. ¿No se han vendido bien los folletos nuevos de IRA?" O: "Shannon, deja de golpear con el pie y dime qué está pasando". Ha nacido una conversación.

Así funciona la descentralización: observando, escuchando, integrando las observaciones con el contenido de la charla y usando lo que ha aprendido para iniciar futuras conversaciones. Créame, es mucho mejor que estar solo, viviendo su propio mundo. Recuerde que es conveniente empezar a practicar la descentralización con la situación de timidez que le produzca menos temor y, gradualmente, ir avanzando hacia las otras. ¡Un paso cada vez!

SI TODAVIA LE ASALTAN LAS PREOCUPACIONES

Si usted está trabajando con ahínco para transformar sus creencias irracionales y contrarrestar sus autoevaluaciones negativas con las positivas, si está practicando la descentralización pero aún le resulta difícil dejar de preocuparse, hay dos ejercicios que me gustaría que probara.

Una manera de controlar la preocupación es usando un método diseñado por Thomas Borkovec, psicólogo de la Universidad del Estado de Pensilvania. Borkovec describió su técnica en el número de diciembre de 1985 de *Psychology Today*. Borkovec creó el ejercicio a partir de la teoría del aprendizaje que sostiene que los comportamientos están asociados con las situaciones.[13] Por ejemplo, si un fumador de cigarrillos enciende uno después de cada comida, cada vez que se pone a escribir una carta, o a preparar cheques y cuando habla por teléfono, el fumar se asocia a todas esas actividades. Pero si un fumador se permite solamente fumar un cigarrillo en el porche, gradualmente irá disociando las otras actividades del acto de fumar. El consumo diario de cigarrillos decrecería muchísimo.

Ya que puede preocuparse anticipadamente cuando va a tener una reunión social, cuando está en ella y seguramente después, estará siempre preocupado. Borkovec sugiere *limitar* las condiciones en las que usted se permitirá preocuparse, siguiendo las reglas siguientes:

1. Observe con atención su pensamiento durante el día y aprenda a reconocer las primeras punzadas de angustia.
2. Establecer media hora como "período de preocupación" a la misma hora y en el mismo lugar todos los días.
3. En cuanto se descubra preocupándose, posponga la preocupación para ese período y lugar.
4. Reemplace los pensamientos angustiosos prestando atención a la tarea que tenga a mano o a cualquier cosa del ambiente.
5. Use el período diario de preocupación para pensar con intensidad en sus angustias.

Las cinco reglas de Borkovec aíslan la preocupación y la limitan a un lugar y tiempo determinados. En sus investigaciones descubrió que la gente disminuye la cantidad de tiempo de preocupación cuando usa esta técnica.

Si va a probar el método, le sugiero que lo utilice con el trabajo de transformación de ideas irracionales o declaraciones negativas que puedan haber surgido durante el período de preocupación.

IMAGINE EL CAMINO HACIA UNA PERSONALIDAD MEJOR

Hay otra manera de combatir las preocupaciones. En lugar de prestar atención a sus angustias, visualícese como a usted le gustaría ser. Adelante: imagínese como una persona ingeniosa y que se expresa bien; véase entrando con paso firme en un ambiente lleno de gente.

Hazel Markus, de la Universidad de Michigan, llama a eso "visualizar los posibles sí mismos"[14]. En un estudio que dirigió con Ann Ruvo, Markus pidió a los estudiantes que se visualizaran en el futuro: ya fuera con mucho éxito o como fracasados. Después del ejercicio de imaginación, se les dio a los estudiantes una tarea difícil para realizar. Los que se imaginaron triunfadores la realizaron mucho mejor que los que se visualizaron fracasados. Markus cree que nuestros sí mismos posibles pueden servir para motivar nuestras acciones en el presente y ayudarnos a guiar nuestra conducta.

MANTENGA UNA ACTITUD MENTAL POSITIVA

Cuando practique los ejercicios de este capítulo, busque pequeñas mejoras en sus pensamientos y comportamiento. Proporciónese ciclos de retroalimentación positiva para obtener resultados positivos y descubrirá que los cambios van produciéndose con más facilidad. Si la primera vez no tiene éxito, no se culpe. Está en el proceso de cambiar la dirección de sus pensamientos y eso lleva tiempo. Cuando se sienta desanimado, piense: "Estoy aprendiendo a no estar absorto en mí mismo" y siga adelante. Le ha llevado mucho tiempo atascarse en el camino, así que sea realista y dése tiempo para lograr salir del atasco.

5
Cómo desarrollar sus aptitudes sociales

Imagínese aprendiendo a andar en bicicleta a los treinta y cinco, cuarenta o cincuenta años. Como casi todos aprenden durante la infancia a andar en bicicleta a usted no le asombrará desenvolverse con cierta torpeza y hasta sentirse tonto si se cae alguna vez. Dominar las habilidades sociales es como andar en bicicleta: las aprendemos en la infancia y andamos inseguros hasta que podemos mantenernos en equilibrio sobre las dos ruedas sin pensarlo.

La gente tímida suele evitar los encuentros sociales, dejando languidecer aptitudes que pudieron haber tenido o permitiendo que la angustia absorba tanta atención que no le quede nada para practicar el arte de la amistad. Este capítulo le invita a seguir adelante desde el punto en que se detuvo.

LOS OBSTACULOS A SUS APTITUDES SOCIALES

¿Ha estado alguna vez en una reunión y se ha preguntado para qué ha hecho el esfuerzo de asistir? Quizá usted esté al margen de un grupo de personas que están conversando cuando un amigo le dice: "Me parece que te estás aburriendo". Usted musita algo que puede interpretarse como que lo está "pasando bien" y "divirtiéndose".

Pero no es cierto. Cada vez que hace un comentario, tiembla; no se le ocurre nada divertido ni interesante y desearía estar con vaqueros en lugar de con esos pantalones de cheviot.

El verdadero problema es que a usted está yéndole bien pero no se da cuenta. Docenas de estudios confirman que los tímidos se califican mucho peor por sus aptitudes sociales que como lo hacen los observadores objetivos.[1] Si bien los observadores advierten cierta falta de habilidades sociales en las personas tímidas, la mayoría de los tímidos subestiman la forma en que está comportándose.

El espejo que distorsiona la visión de su propia conducta es la trampa de la absorción en sí mismo. Usted se critica tanto que se pierde la conversación. El flujo normal de retroalimentación positiva —que le proporcionaría el cuadro preciso de cómo están las cosas— no puede penetrar la pantalla negativa de sus comentarios mentales. Usted está perdiendo las aptitudes sociales que tiene y *no se ve como lo ven los demás.*

Cuando entra en una situación social diciéndose que está destinado a ser el hazmerreír y que por eso no caerá bien a los demás, no está dándose ninguna oportunidad. Al anticipar el rechazo, está invitándolo. Mentalmente se ata, olvida manifestar a los demás sus intereses, cuando le toca decir algo, farfulla y ... ¡los otros piensan que no le agradan *a usted!*

Antes de que pueda desarrollar sus aptitudes sociales debe mejorar la imagen que tiene de sí mismo, luchar y rechazar los pensamientos irracionales y acabar con el soliloquio negativo. Mantener una postura negativa es en realidad una defensa. Está listo para rechazar a los demás antes de que puedan rechazarlo a usted. Si pasó por alto los ejercicios de los capítulos 3 y 4, este es el momento de volver atrás y hacerlos. No puede ganar seguridad para desenvolverse socialmente si se dedica a pensar que es un torpe o si siempre permanece consciente de sí mismo.

¿DONDE EMPIEZA A FALLAR?

Leyendo los trabajos de investigación sobre las interacciones de los tímidos hice una lista de las formas en que su conducta social se diferencia de la de la gente más segura.

Comparados con las personas socialmente seguros, los tímidos...

- inician menos conversaciones, esperando pasivamente poder responder a los demás;
- hablan menos, sonríen menos y hacen menos contacto visual;
- muestran menos expresiones faciales;
- confían en las respuestas tipo "canal de retorno" (sí, claro, ajá) para mantener a la otra persona hablando en lugar de hablar;
- dan poca información personal de sí mismos;
- evitan las discusiones;
- tratan de no expresar opiniones personales decididas;

- expresan acuerdo con la mayoría del grupo;
- hacen menos uso de declaraciones sobre información objetiva, preguntas, aceptación de información y confirmaciones;
- están alejados del que habla.

Comportarse de esa manera significa adoptar una estrategia *defensiva* para afrontar las situaciones sociales.[2] ¿Cuántas de esas actitudes toma usted? ¿No le gustaría abandonarlas y adoptar una estrategia *activa* para manejar la situación social?

APRENDIENDO LAS APTITUDES SOCIALES

La peor parte de entrar en una situación social es el temor de no saber qué hacer ni qué decir. El dominio de las aptitudes sociales puede aumentar el control personal. A medida que crece la confianza en usted mismo, el temor disminuye. Puede emplear con seguridad ciertas estrategias para afrontar la situación y controlar la angustia.

Sin embargo, no puede mejorar las aptitudes sociales sentado en casa y pensando en ellas. Tiene que sumergirse de lleno en las situaciones reales que le hacen sentir incómodo para poder practicar las nuevas técnicas de sociabilidad y encontrar la que realmente le sirve y las que no. Esa es la parte más difícil —observar su angustia— pero hay maneras de hacerlo más fáciles que otras.

SOBRE EL APLOMO

Antes de seguir hablando sobre la práctica de las aptitudes sociales quiero referirme al aplomo. En los últimos quince años, la instrucción para lograr el aplomo ha sido un tema candente, con clases y libros instando a la gente a practicar una nueva manera de relacionarse.

Tener aplomo significa ser capaz de expresar lo que se quiere, necesita o desea y, al mismo tiempo, tener en consideración los sentimientos de los demás.[3] Con la agresión, a menudo confundida con el aplomo, se trata de conseguir lo que uno quiere sin tener en cuenta las consecuencias para los demás.

Aunque el aplomo, infinitamente preferible a la agresividad, parecería la forma ideal de relacionarse con el mundo, a veces las circunstancias exigen sus alternativas. Karen Horney, psiquiatra y teórica de la personalidad, esquematizó tres estilos amplios de comportamiento social: desplazándose de la gente, acercándose a la gente y enfrentándose a la gente.[4] Según Horney, las experiencias habidas en la infancia nos hacen preferir uno de esos estilos.

Los tímidos suelen adoptar el estilo de desplazarse de la gente: evitar a los demás y las situaciones que nos hacen sentir menos cómodos.

Los extravertidos adoptan el estilo de acercarse a la gente: son abiertos, amistosos y agradables. El comportamiento tímido también puede clasificarse como de "acercamiento a la gente" si usted sigue a los demás cuando preferiría no hacerlo o si prefiere no decir nada en lugar de disentir. Tanto el aplomo como la agresión son actitudes de enfrentamiento, de enfrentarse a los otros para lograr lo que se quiere.

La clave de una conducta social exitosa está en equilibrar los tres estilos y ser flexible. El aplomo, aunque pueda parecer muy atractivo, no sirve en todas las situaciones. Aprenda cómo y cuándo usar lo que le convenga. Más que decirse automáticamente "debería tener aplomo", pregúntese: "¿Es esta una circunstancia en la que debería tener aplomo?"

Por ejemplo, cuando alguien se adelanta en una cola para entrar en el cine, es una ocasión para demostrar aplomo *si eso elige usted*. Puede decir entonces: "Hace mucho que estamos esperando y le agradecería que espere su turno al final de la cola". Si en realidad eso no le importa, puede dejar pasar la infracción. Usted es quien elige si merece la pena tener aplomo o no en cada situación.

En algunas circunstancias lo mejor es retirarse. Después de una semana caótica en el trabajo, no tiene nada de malo que se quede en casa viendo la televisión o leyendo una novela para recargar las baterías. Si en la calle va caminando apurado, choca con un hombre y éste va a darle un puñetazo tras un rosario de insultos, lo mejor es alejarse... y rápido.

El problema de la mayoría es que se atiene a un solo estilo: siempre tímido (alejándose) o siempre enfrentando (marchando en contra) o siempre accediendo (marchando hacia). Los tímidos afrontan una batalla cada vez que tienen que anteponer sus intereses, de ahí la suposición errónea de que lo normal es tener aplomo y seguridad en todas las situaciones. La verdad es que no tiene que mostrar aplomo siempre. Luche por el equilibrio y use el comportamiento más adecuado en cada situación.

OBSERVANDO A LOS EXPERTOS

Ya ha empezado a aprender aptitudes sociales a practicar la descentralización en el capítulo 4. El objetivo de aquel ejercicio era mantener la atención enfocada en otros y no en usted. Ahora puede agregar otra dimensión a la descentralización tomando datos de lo que observa.

La imitación: cuando era una criatura aprendió una serie de comportamientos complejos observando e imitando a los adultos. Por ejemplo, aprendió a dar la mano para saludar y despedirse. Los abrazos y los besos se reservaban a los familiares y amigos, con ciertas excepciones, como en las reuniones con personas a las que hacía tiempo que no veían.

La observación y la imitación fueron las mejores maneras de aprender las habilidades que a uno le faltaban cuando era pequeño. A estas alturas de la vida usted no tiene que cambiar su comportamiento pero *sí* debe derrotar la angustia en las situaciones sociales que tiene que vivir. Cada vez que los pensamientos angustiosos y las preocupaciones le hacen presa, recuerde las tácticas de combate de los ejercicios de los capítulos 3 y 4.

Inicie el relato, en su cuaderno de autodesarrollo, de las habilidades sociales que observa. Cada vez que se sienta incómodo en una situación, practique la descentralización. Su objetivo es observar el comportamiento de otras personas. ¿Qué están haciendo y diciendo? Describa brevemente la situación en su cuaderno y haga la lista de las habilidades sociales que ha observado (a veces resulta útil describir a las personas que ha observado para refrescar la memoria respecto de sus enfoques en la situación social que recuerda). ¿Quiénes le han agradado? ¿Quiénes no responden a sus gustos? ¿Qué conductas han sido efectivas? ¿Cuáles no lo han sido?

Veamos unos ejemplos de lo que podría aparecer en un cuaderno:

Situación: tratando que la vendedora le atienda

Una señora con un abrigo rojo exclamó en voz muy alta:

—¡Señorita! ¡Señorita! ¿Va a atenderme? ¿Quiere vender o no? ¿Qué hay que hacer para que a una le atiendan?

Comentario: Grosera. La vendedora se molestó.

Un hombre con el sombrero puesto permite que otro se le adelante por no haber hecho su demanda en voz lo suficientemente alta; apenas murmuró: "Quisiera ver los relojes". Y se fue sin haber logrado hablar con el vendedor.

Comentario: Debería haberle dicho a la persona que se acercó al mostrador que él había llegado antes.

Una joven en pantalón vaquero sonrió al vendedor y le pidió ayuda amablemente. Dijo algo como:

— Quiero comprar un reloj para mi novio porque es su cumpleaños. ¿Podría mostrarme los que tienen a precios moderados?

El vendedor sonrió y le prestó toda su atención.

Comentario: Buena manera de afrontar la compra.

No use la imitación para convertirse en el doble de otra persona. Lo que usted busca con la imitación son técnicas adaptables que provoquen las mejores reacciones, ya sea en una reunión, cuando hace compras, cuando está trabajando en un empleo nuevo o cuando está en cualquier situación de tipo social. Adopte los comportamientos que quiera y evite imitar las conductas ineficientes o desagradables que observe (una tarde en el mostrador donde se presentan las quejas de una tienda grande le demostrará que la insolencia no es siempre la mejor política). Usted verá que algunas personas tienen más habilidades sociales que otras, pero que hasta las que tienen pocas funcionan muy bien en el mudo social.

Recuerde que debe fijarse objetivos. Se encontrará en más situaciones sociales en un día de las que puede describir. Un objetivo podría ser anotar una sola observación por día o, por lo menos, cuatro observaciones por semana, o las que le permitan su tiempo y nivel de energía.

La imaginación positiva: Después de haber observado y registrado una media docena de técnicas sociales puede empezar a usar la visualización positiva, a practicar mentalmente los comportamientos que le gustaría tener.

Relájese e imagínese en una de sus situaciones de timidez. Ahora véase actuando en esa situación. Véase tranquilo y relajado aplicando una técnica que ha aprendido de sus observaciones. ¿Cómo está actuando? ¿Qué está diciendo? ¿Qué aspecto tiene? ¿Cómo reacciona ante usted la gente que participa en la escena? Imagine ese encuentro social con todos los detalles posibles y asegúrese de que tenga un final feliz.

Con ese ejercicio está logrando dos cosas. La primera es ensayar mentalmente su nueva conducta, la que quiere adoptar; la segunda, programarse para la acción *positiva.* En lugar de preocuparse porque no sabe qué hacer, está aprendiendo y practicando lo que quiere hacer.

Ensayo general: Usted no quiere vivir su vida social solamente en la imaginación, así que ha llegado el momento del ensayo general. No se asuste: todavía está en lugar seguro, en su propio hogar.

Si tiene un familiar o amigo íntimo a quien pedir ayuda, creo que le podría hacer más fácil el ensayo. Dígale que usted a menudo se siente incómodo en situaciones sociales y que está practicando ciertas técnicas para no volver a ponerse nervioso. Pregúntele si puede ayudarle interpretando un papel, entrenándolo durante sus sesiones de práctica.

Si no desea confiar en alguien, puede practicar solo ante un espejo. Pero quisiera que se animara a pedir ayuda a alguna persona. La investigación demuestra que ese estilo de práctica ayuda mucho en la transición del ensayo a la situación real y que un colaborador puede marcar una buena diferencia [5]. La persona que colabora puede alentarle y proporcionarle apoyo así como agregar sus propias observaciones y datos para el manejo de las situaciones sociales, además de darle fuerzas para que siga trabajando con la finalidad de lograr los objetivos que se ha propuesto.

Si nunca ha actuado anteriormente, puede llevarle cierto tiempo acostumbrarse. Muchas personas se sienten avergonzadas y se ríen cuando deben desempeñar un papel por primera vez y eso es normal. Siga trabajando hasta que pueda actuar sin ser consciente de su persona.

Elija una situación de la lista. Empiece con algo pequeño y bien definido como el ejemplo de la tienda. Piense en las nuevas habilidades sociales que le gustaría utilizar en esa situación. Describa la situación y el lugar a la persona amiga, junto con las habilidades o el efecto que está practicando, y explíquele qué papel quisiera que interpretara. Usted, por supuesto, será usted mismo pero con el repertorio social recién adquirido.

Puede dominar el papel rápidamente o puede necesitar varias sesiones para sentirse seguro. Por más tiempo que eso le lleve, siga practicando hasta sentirse totalmente seguro. Pida a la persona amiga que le comente su actuación. Y *recuerde* que le conviene *aceptar* la retroalimentación positiva.

EL MUNDO REAL

Usted puede lograrlo. Ha estado practicando en casa pero ahora va a tener que salir al ruedo en el mundo real y demostrar ahí sus habilidades. Antes de entrar en la primera situación *real* de timidez, tómese unos minutos para visualizarse saliendo airoso, tal como ha estado practicando. Si se manifiestan los síntomas físicos de la angustia, acuérdese de usar las técnicas de relajamiento que ha aprendido en el capítulo 2. Y salga a escena. Ha pasado por la situación centenares de veces en la imaginación y ha practicado la actuación muchas veces en su casa. Salga a escena seguro de que sabe lo que tiene que hacer.

No se ponga nervioso si los actores de la vida real no se atienen al guión.

(Después de todo, ignoran que existe un guión.) Es posible que se produzca un blanco en su mente. Quizá no se decida a decir y hacer las cosas que ha estado practicando. No resulta como lo ha planificado. Tal vez se ha enfrentado a la situación de la tienda y ha encontrado un vendedor mal educado. Usted no tiene la culpa de haber elegido a alguien que no quiere ayudarle. Si empieza a perder el valor, no caiga en lo negativo: háblese positivamente hasta tranquilizarse. Y recomience enseguida antes de que le venza la angustia.

Siempre hay tendencia a desanimarse durante la transición de la práctica en casa al mundo real, sobre todo si el encuentro social no ha funcionado bien. No renuncie. Vuelva a ensayar hasta que se sienta cómodo y cuando esté preparado, vuelva a probar. Pero tenga en cuenta que la vida real no es totalmente predictible y que los encuentros cotidianos con extraños siempre representarán un desafío más grande (y excitante) que la representación de un papel.

Cuando vaya trabajando las situaciones de la lista de timidez, repita los pasos siguientes:

- imitación.
- visualización.
- interpretación del papel.
- práctica en la vida real.

De esa manera tratará cada situación de timidez como un proyecto nuevo e irá avanzando hacia situaciones más difíciles a medida que va aumentando su seguridad.

Hasta aquí he descripto las técnicas que sirven para todas las situaciones, pero usted querrá también practicar los pequeños detalles de cada cuadro social. A medida que vaya leyendo las secciones siguientes, es probable que reconozca algunas situaciones observadas por usted mismo. Preste atención a los detalles específicos de las situaciones que observa e incorpórelos a los pasos de imitación, visualización y actuación.

EL REFINADO ARTE DE LA CONVERSACION

Hay tres actitudes que influyen en la comunicación: la actitud al respecto de sí mismo, su actitud ante los demás, su actitud frente a la comunicación en sí.

Ya me he referido a la actitud respecto de sí mismo en el capítulo 3:

Cómo ir creando la autoestima. Y también he hablado de su actitud respecto de los demás: cómo aprender a no suponer que van a rechazarle. Ahora veamos algunas de las actitudes posibles referentes a la comunicación.

Gerald M. Phillips, profesor de comunicación oral en la Universidad de Pennsylvania State, investiga la *retoriterapia* (la enseñanza de las habilidades para conversar en las situaciones cotidianas).[6] Ha descubierto que los tímidos suelen hacer suposiciones sobre la conversación que les sirve para permanecer callados:

- Las personas conversadoras nacen así, no se hacen.
- Aprender las técnicas referentes a saber conversar significa aprender a manejar a los demás.
- La mayoría habla demasiado y la charla significa una pérdida de tiempo.
- Sé escuchar y, después de todo, alguien tiene que escuchar ya que todos hablan.

Discutamos cada suposición. Las personas conversadoras ¿"hacen así"?. De ninguna manera. Así como usted sabe que su timidez fue modelada y fortalecida, haya nacido o no con temperamento tímido, los locuaces han aprendido ese estilo de relacionarse. No nacieron hablando veinte palabras por minuto. Así como usted reacciona ante una situación cerrándose como una almeja, algunas personas charlan para desahogar sus nervios.

No es "manejar" a la gente hacerle sentir cómoda en los encuentros sociales. Es demostrar interés por los demás y darse la oportunidad de conocerla y de que la gente le conozca a usted. En este proceso todos se valorizan.

La charla intrascendente es la *bête noire* de los tímidos. En la obra teatral *Company*, de Stephen Sondheim, uno de los personajes lamenta su incapacidad para hacer "ruidos de té", la charla educada y trivial que se realiza entre extraños en una reunión para tomar el té. El presidente Franklin Roosevelt, a quien le parecía anodina y aburrida la charla durante los actos en la Casa Blanca, decía que era raro que alguien realmente escuchara. Para divertirse —y probar su aserto— solía iniciar las conversaciones diciendo: "Esta mañana he asesinado a mi madre". Sorprendentemente, la mayoría hacía gestos de aprobación. (Una astuta invitada, una vez comentó: "¡Estoy segura de que lo merecía!".)

Sin embargo, la conversación trivial tiene un propósito útil. Permite que se establezca una relación cálida entre las personas. Usted puede descubrir si alguien comparte sus intereses y que ha puesto a la otra persona en la misma situación en que usted está. Es decir, encontrará temas más interesantes para conversaciones más largas en los pequeños comentarios de la charla trivial. Piense en la charla trivial como en el aperitivo de la conversación principal.

En cuanto a la última de las suposiciones de Phillips, todos coincidimos en que saber escuchar es una cualidad admirable. Pero, ¿está realmente escuchando o está centrado en sus pensamientos y preocupaciones y sólo aparenta escuchar? ¿Cómo lo sabrá la persona que habla si de vez en cuando usted no demuestra alguna reacción ante lo que escucha?

Espero que estos argumentos anulen las resistencias que pueda tener para aprender el arte de la conversación. Aprender las habilidades para conversar no es tonto, ni dominante, ni una pérdida de tiempo: es una aplicación más productiva de sus energías mentales.

Para empezar, veamos los dos componentes más amplios de la conversación; la revelación de uno mismo y la atención activa al que habla.

La revelación de uno mismo

Todos hemos vivido la experiencia de estar de pie, solos, en medio de un salón lleno de extraños que charlan alegremente, preguntándonos sobre qué diablos están hablando con tanto entusiasmo. Es muy simple: están hablando de ellos mismos. Una gran parte de la conversación consiste en la autorrevelación. En las nuevas relaciones, la autorrevelación va produciéndose gradualmente, como una sutil danza de velos en la que cada persona va revelando más y más de su vida, pensamientos y opiniones. Resulta más fácil contar un secreto propio a un extraño al que no volverá a ver que revelarlo ante alguien a quien verá en otras oportunidades. Con los extraños usted no queda en la situación de verlos de nuevo y darse cuenta de que sabe más sobre usted que usted sobre él.

Otra excepción se produce entre dos amigos íntimos. Cuando un buen amigo acude a usted con un problema personal, espera que le escuche, le compadezca y quizá que le dé algún consejo. No espera que usted le abrume con alguno de sus problemas. Como la amistad se basa en la confianza y la reciprocidad, su amigo sabe que, cuando llegue el momento, usted le confiará algún problema.[7]

Al principio la autorrevelación puede parecer un poco resbaladiza. Debe prestar atención al contenido de lo que dice el otro. ¿Cuánto está revelando de sí misma esa persona? ¿Cuánto conoce? ¿Cuál es la relación entre ustedes? ¿Está bien que usted revele tanto? No hay nada tan desconcertante como alguien a quien apenas conoce acercándose y lanzando un largo monólogo sobre su infancia desgraciada o su matrimonio al borde de la ruptura. Mientras la otra persona está desnudándose, usted se pregunta si tiene el papel de un blanco elegido al azar para escuchar tanta información personal. Se siente incómodo porque no sabe qué decirle a esa persona que en realidad no conoce.

En la mayoría de los casos, la revelación debería ser un proceso lento y hay formas de usar la revelación de sí mismo para presentarse gradualmente ante los demás durante una conversación.

■ *Ofrezca algo más que hechos.* Cuando habla de un libro, de un artículo del diario, de una película o de un programa de televisión, permita que los que le escuchan conozcan su opinión; déjeles ver un poco de usted detrás de lo que cuenta. Si lee en el diario que una sola persona ha ganado la lotería, no se limite a exclamar algo sobre la cantidad de dinero. Cuéntele a su amigo cuál sería el sueño que convertiría en realidad si tuviera ese dinero a *su* disposición.

■ *Descríbase en una situación.* Si alguien le pregunta cómo le fue en el viaje que hizo a las White Mountains en otoño, no le cuente sólo lo que vio. Descríbase en la situación. "Ahí estaba yo tratando de encontrar el camino al baño en la oscuridad cuando tropecé con ese animal peludo. Me quedé helado; mi imaginación trabajaba aceleradamente. ¡Creí que me había encontrado con un oso! Me sentí estúpido cuando vi que se trataba de otro campista con la chaqueta de piel de conejo de su mujer sobre los hombros ¡también en busca del baño!

■ *Presente una imagen equilibrada de su persona.* Nadie es perfecto y a la gente no le gusta conversar con alguien que sólo habla de sus buenas cualidades y experiencias. Una persona así no parece auténtica. Nos preguntamos si es vanidosa o si acaso tiene la suerte de que su vida sea tan perfecta. Admitir los pequeños defectos y hasta disentir amablemente con alguien nos hace parecer más humanos y reales. Por ejemplo: "¿Adivinen qué ha pasado? ¡Me han ascendido! Hasta ahora no me había dado cuenta de que ser gerente es más difícil de lo que parece".

Recuerde cuando habla de sí mismo que debe tener en cuenta con quién está hablando. ¿Conoce bien a esa persona? También considere el lugar en que están. ¿Es adecuado o no tener una conversación muy personal en esas circunstancias? ¿Cuánto revela la otra persona?

Si no está acostumbrado a revelar mucho de sí mismo, puede llevarle tiempo lograr el equilibrio. Si exagera la autorrevelación puede hacer que la gente se sienta incómoda por saber demasiado de usted en muy poco tiempo. Si rehusa abrirse a los demás, parecerá frío y nada amistoso.[8] No va a poder formar amistades con rapidez si no permite que las otras personas sepan qué cosas le interesan y le motivan: qué clase de persona es.

Una forma de calibrar cuánto revelar de sí mismo es pensar cuánto le gustaría saber del otro. ¿Qué clase de cosas podría contarle otra persona que a usted le resultaran interesantes pero no le hicieran sentir incómodo? ¿Alguien a quién hace mucho que conoce? ¿Un nuevo amigo?

Escuchar activamente

La autorrevelación incluye temas generales y al mismo tiempo permite que la gente le conozca. Cuando llega el momento de responder hay otra habilidad que puede aprender y que le resultará útil: escuchar con intensidad, de forma activa. Verá que es mucho más fácil mantener una conversación si usted, mientras escucha, se concentra en lo que dice el otro en lugar de pensar qué va a decir cuando le llegue el turno de hablar.

Escuchar activamente es lo mismo que descentralizarse. Usted presta atención al otro, no a sí mismo. Mientras escucha, imagínese en la piel del otro. ¿Cómo se sentiría en la situación que el otro acaba de contar? ¿Qué sentimientos cree que están detrás de las opiniones expresadas por otros? ¿Qué le gustaría que alguien le dijera si usted acabara de contar algo triste? ¿O algo alegre?

Si escucha activamente no tendrá que preocuparse por lo que va a decir porque la conversación fluirá naturalmente al haber estado prestando atención a lo que se dijo e imaginando cómo se siente la otra persona.

CONVERSACION BASICA

Hay muchísimos detalles específicos en la conversación más allá de los campos de autorrevelación y de escuchar activamente. Ahora veamos algunos de los detalles. No va a creerlo, pero no tiene que decir nada ingenioso para iniciar una conversación con un extraño. Todo lo que tiene que hacer es romper el hielo, dar al otro la oportunidad de charlar con usted.

Veamos unas maneras de acercarse a alguien con quien piensa que le agradaría conversar.[9]

■ *Preséntese.* Vaya hacia esa persona y preséntese. Por ejemplo, una amiga mía veía al mismo hombre todas las mañanas cuando esperaban el autobús. A veces se hacían un gesto de saludo pero no hablaban. Una mañana ella llegó a la parada del autobús, miró al hombre directamente, sonrió y le dijo: "Hola, soy Nicole. Le veo aquí todos los días. Parece que hoy va a hacer un hermoso día, ¿no?" Lo que dijo Nicole no era particularmente atractivo ni inteligente pero rompió el hielo. Hasta que Tom (su compañero de parada) se trasladó a otro barrio, pasaron bien el tiempo de espera conversando.

■ *Formule una pregunta.* Cuando se encuentre en un lugar o situación que no le es familiar, siempre podrá iniciar la conversación si pregunta algo. Por ejemplo, puede dirigirse a alguien preguntando: "¿Siempre hay cola para entrar en este restaurante al mediodía?" o "Soy nuevo en la ciudad, ¿qué es divertido aquí?" Deje que salga a la superficie su curiosidad natural y descubrirá que los demás estarán encantados de responder a sus preguntas.

■ *Haga un elogio.* Nunca elogie algo si no lo siente realmente. Los demás se darían cuenta enseguida. Pero cuando admire sinceramente alguna prenda de vestir o algo que otro posea, abra la conversación de esta manera. Por ejemplo: "¡Qué bonitos son sus zapatos! Estoy buscando un par con tacones bajos como los suyos. ¿Dónde los ha comprado?" o "Me gusta el adhesivo que tiene en el coche. ¿Dónde lo ha conseguido?" Hacer una pregunta a continuación del elogio le da la oportunidad a la otra persona de mantener la conversación después de haber dicho "gracias".

■ *Un arma segura: ¡la sonrisa!* La mayoría no puede resistirse ante una sonrisa auténtica: es poderosa y quiebra la resistencia. Pruébelo. Con suerte, se acercarán a usted y le dirán "¡Hola!"

Cómo mantener la conversación

Después de iniciar la conversación deberá hacer algún esfuerzo para mantenerla. La manera de lograrlo es reaccionando con énfasis. Veamos unos datos:[10]

■ *Haga preguntas que susciten respuestas largas.* Si usted pregunta: "¿Le agrada vivir aquí?" puede obtener un sí o un no como respuesta. En su lugar pregunte: "¿Qué es lo que le agrada de la vida aquí?" Las preguntas que dan pie a una explicación permiten respuestas largas. Cuando puede responderse su pregunta brevemente, la conversación corre el peligro de ser muy corta. Use *por qué* y *cómo* en sus preguntas para atraer a otros participantes a la conversación y encontrará que sus respuestas le darán información que podrá usar para continuar la charla.

■ *Hable sobre la situación en que se encuentran.* Puede usar el ambiente como tema. Haga un comentario sobre la situación en que está y lo que siente al respecto. "Hay tanto ruido en este bar que no puedo oír lo que pienso!" o: "En días de lluvia como éste, siempre quiero acomodarme en un sillón con un buen libro en lugar de ir a trabajar".

■ *Use preguntas y respuestas.* Cuando alguien le hace una pregunta a la que podría responder con sí o con no, trate de dar una respuesta amplia. Transforme en su mente la pregunta y luego dé la respuesta. A continuación devuelva la pelota de la conversación haciendo una pregunta nada más que para terminar su respuesta. "Sí, me gustan los museos, los teatros y las calles de esta ciudad. Siempre hay algo que hacer. ¿Hace mucho que vive aquí?"

■ *Mantenga la conversación.* Use la información que le dan para mantener la conversación. Por ejemplo, si alguien dice: "Acabo de empezar a leer ese libro de Clancy... Normalmente leo novelas policíacas", usted podría exclamar que las novelas de misterio son su pasión e intercambiar opiniones sobre distintos autores del género o preguntar cuáles son los autores preferidos de la otra persona.

Haciendo cumplidos

Amamos y odiamos recibir cumplidos. Nos hacen sentir apreciados y nos elevan la autoestima, pero muchos de nosotros no sabemos cómo responder a un cumplido. Los tímidos, que están luchando por mantener una imagen positiva de sí mismos, suelen recibirlos sin demostrar aplomo y agradecimiento.

Puede recibir elogios por muchísimas cosas: su esfuerzo en un trabajo, su aspecto, alguna faceta de su personalidad o alguna cosa que posea. Los más significativos para nosotros son los que recibimos sobre la personalidad.

Podría pensar que un simple "gracias" indica una especie de vanidad como si ya supiera y esperara que elogiaran nuestro traje nuevo o nuestra sonrisa seductora. No es así. Un simple "gracias" es lo menos que puede decirse en respuesta a un elogio. Si uno responde con vergüenza, podría hacer que el que le ha hecho el elogio se sienta torpe por haberlo molestado, aunque no fuera ésa su intención. Si usted dice "gracias" y agrega algo que disminuya el valor de lo elogiado ("es un vestido viejo") hace quedar mal a quien le ha ofrecido el cumplido. Y no decir nada demostraría descortesía.

Si se altera cuando le hacen un cumplido, limítese a decir "gracias". Mejor sería que agregara algo a su respuesta: "Gracias. He trabajado muchísimo en este proyecto y me satisfacen los resultados"; "¡Qué amable! he recorrido las tiendas hasta encontrar una bufanda que quedara bien con el abrigo".

Cuando la conversación falla

¿Qué pasa si usted trata de conversar con una persona que no reacciona? ¿Qué significa? *No significa* que usted no es agradable. Una conversación fracasa por muchos motivos. Puede ocurrir que la otra persona no sienta deseos de hablar en ese momento o esté preocupada y... ¡hasta puede que sea tímida! Cuando encuentre a alguien que no responda a la iniciación de la charla, no lo tome de forma personal: deje a esa persona, acérquese a otra y empiece de nuevo.

El equilibrio de la conversación

Hablar y escuchar solamente no hacen una conversación interesante. Debe existir un equilibrio entre el que habla y el que escucha y deben alternarse los papeles. Si alguien habla sin parar, nos molesta no poder introducir algún comentario. Si alguien permanece en silencio, sentimos que ya hemos hecho todo lo posible para mantener la conversación y sacamos la conclusión de que a la otra persona no le interesa ni el tema ni nosotros.

Chris Kleinke, un psicólogo de la Universidad de Alaska, y unos colegas realizaron un estudio para encontrar el punto de equilibrio de la conversación[11]. Los participantes escucharon tres conversaciones grabadas. Cada conversación era sostenida por un hombre y una mujer en diferentes porcentajes de tiempo. Kleinke pidió a los participantes que calificaran a cada pareja por su simpatía (los participantes ignoraban que lo que interesaba a los investigadores era el equilibrio de la conversación).

Conversación 1:   El hombre habla el 80 por ciento del tiempo
La mujer habla el 20 por ciento del tiempo

Conversación 2:   El hombre habla el 20 por ciento del tiempo
La mujer habla el 20 por ciento del tiempo

Conversación 3:   El hombre habla el 50 por ciento del tiempo
La mujer habla el 50 por ciento del tiempo

Kleinke observó que los participantes preferían la pareja cuyos miembros se repartían igualmente el tiempo de conversación; a los que hablaban sólo el 20 por ciento del tiempo se les calificó como muy introvertidos. Y, tímidas, tengan presente que, si bien Kleinke esperaba que resultara mejor calificada la conversación en que el hombre hablaba más tiempo, *no fue así*. El estudio de Kleinke demostró que la gente espera que hablemos el porcentaje de tiempo que nos corresponde sin que el género tenga ninguna influencia. No basta escuchar de forma activa, con expresión de atención, para demostrar al interlocutor que está escuchando y reaccionando a lo que dice. El intercambio satisfecho es la participación por igual de las dos personas que conversan.

El lenguaje corporal

Si bien las voces tienen la palabra en la conversación, los cuerpos también hablan a los que nos escuchan.[12] Conocer sus gestos, la orientación del cuerpo y el contacto visual puede ayudarle a ser un mejor comunicador. Muchos de nosotros somos expertos en la interpretación del lenguaje corporal sin saber que lo somos. Los gestos, el contacto visual, el tacto y la distancia con el interlocutor son conductas aprendidas y varían en los diferentes tipos de civilizaciones. Puede usarse el lenguaje corporal para enviar mensajes, por ejemplo para comunicar que pueden acercarse a uno.

Si pudiera estudiar con una cinta de video su conducta no verbal, podría ver lo que yo vi cuando estudié el lenguaje corporal de los tímidos. Casi todos los tímidos se sientan lo más lejos posible de la persona con quien están conversando, evitan el contacto visual, mueven el cuerpo para apartarse de la otra persona y actúan con nerviosismo. Los mensajes no verbales son: "No estoy dispuesto a conversar" y "Me pones nervioso".

■ *El territorio personal:* Los psicólogos han determinado las distancias aproximadas entre personas, en varios tipos de relación.[13] Las personas que son íntimas mantienen una distancia de cero a 45 centímetros. La distancia íntima se reserva para el tiempo que pasan a solas las dos personas, pero un vagón de metro en hora punta sería una excepción a la regla. En público, la distancia personal suele variar de unos cincuenta centímetros a un metro veinte, según la relación entre las personas. La distancia social típica está entre el metro veinte y casi cuatro metros según las personas y las circunstancias.

Si se queda demasiado lejos de la gente, puede pensar que no es amigable o que no quiere intervenir en la conversación. Pero como usted no puede desplazarse por un salón con una regla para medir la distancia correcta, deberá limitarse a observar las distancias que otras personas mantienen entre sí cuando hablan. Es probable que usted se siente o esté de pie demasiado lejos de las personas, así que acérquese un poco. Si la otra persona retrocede ligeramente, usted sabrá que se ha acercado demasiado.

■ *El contacto visual:* Cuando empezamos a hablar, la mirada suele vagar después de haber dicho las primeras palabras. Si hace un rato que estamos hablando, controlamos con la mirada cómo reacciona la otra persona a lo que estamos diciendo. Mientras tanto, el que escucha mantiene bastante constante el sentido de la mirada. Cuando sabemos que estamos terminando de hablar, miramos directamente al que escucha. Esa es la clave para que el interlocutor sepa que está llegando su turno.

Cuando no se sigue la pauta normal del contacto visual llegan a enviarse mensajes no intencionales. Los tímidos tienden a evitar mirar a sus compañeros de conversación porque se ponen nerviosos. Por desgracia eso suele interpretarse como aburrimiento o indiferencia. Imagina que alguien estuviera escuchándole hablar y todo el tiempo mirara a su alrededor. Usted pensaría "está aburrida con lo que estoy diciendo y está deseando irse". Y si usted ignora el contacto visual que indica: "Es su turno para hablar", pueden producirse largos silencios o la otra persona, cortesmente, tratará de continuar hablando pero se preguntará por qué usted no interviene cumpliendo con la parte que le toca.

Observe el contacto visual entre personas que conversan y advertirá las pautas con toda claridad. Usted no quiere mirar directa y continuamente al otro porque podría interpretarlo como un signo de agresión o de hostilidad. Pero trate de establecer más contacto visual con la gente y descubrirá que la comunicación se vuelve más abierta y amistosa.

■ *La orientación del cuerpo:* No es necesario que dos personas estén nariz con nariz —en realidad, es muy común que dos personas tengan sus hombros en un pequeño ángulo— pero ni es necesario estar totalmente frente a frente ni que el ángulo sea demasiado grande. Si usted se sienta con las piernas y los brazos cruzados y los hombros formando ángulos con los de su compañero, está enviando el mensaje de que no tiene ganas de conversar. Esta es la forma como se sientan muchas personas tímidas según lo estudiado en mis videos.

Observe las posiciones relativas de otras personas cuando están hablando y preste atención a la orientación de su cuerpo para asegurarse de no enviar el mensaje equivocado. Un viejo truco de los que entrevistan consiste en inclinarse un poquito hacia la persona que está hablando para expresarle su interés por lo que está diciéndole.

■ *Los gestos nerviosos:* A veces es difícil saber qué hacer con las manos

103

cuando estamos hablando. Muchos usan las manos de forma muy expresiva; todos conocemos a alguien que se expresa tanto oralmente como con las manos. Pero las personas tímidas tienden a juguetear con los dedos, a tocarse nerviosamente el pelo y a tirar de sus ropas. El tamborileo con los dedos hace que la otra persona también se sienta nerviosa. Si no tiene otra solución, métase las manos en los bolsillos o entrelace los dedos.

Controle el lenguaje corporal tanto como pueda sin dejar que se convierta en el centro de su atención: usted no desea añadir nada a la autobservación. Suele resultar más fácil curar un mal hábito cada vez que intentar coordinar todo el lenguaje corporal al mismo tiempo.

LLEGANDO AL FINAL

No es raro sentirse torpe para finalizar una conversación, ya sea abandonando un grupo de personas o acercándose a otro.

Termine la conversación explicándole a la persona con quien habla que debe irse porque tiene otro compromiso. Si le ha gustado hablar con esa persona, dígaselo: "Lamento tener que irme. Tengo un compromiso dentro de unos diez minutos. Me ha agradado muchísimo conversar con usted". O, en una reunión: "Me ha interesado mucho la charla. Tengo hambre, así que me acercaré a la mesa para tomar algo".

Si quiere volver a ver a esa persona, termine la conversación diciendo lo mucho que le ha gustado la charla y que espera volver a verla. Si han hablado de algo que les interesa a los dos, sugiera un encuentro y vea si la sugerencia es bien recibida. "Hasta pronto; ha sido encantador charlar con usted. Deberíamos ir a jugar un partido de frontón alguna vez".

Ahora que ya ha descubierto su tipo de timidez y ha comenzado a tomar medidas para superarla, ha llegado el momento de emplear sus habilidades sociales recién desarrolladas y su nueva seguridad en los campos de la amistad, el amor y la carrera.

II

APLICANDO SU RECIEN ADQUIRIDA SEGURIDAD EN LA VIDA SOCIAL

6
Escritura de guiones

Resulta difícil creer que la actriz Kim Basinger fue una adolescente tímida: quería dirigir el grupo de animación pero fracasó en la prueba debido a su timidez. Morgan Fairchild, que cuando era niña se afligía por su gordura y porque usaba gafas, era tan tímida que solía descomponerse en las clases de actuación. Sherman Hemsley, el irascible George Jefferson de la serie de televisión *The Jeffersons*, es tranquilo como una almeja cuando está fuera de la escena.

¿Hace el actor a la persona o la persona al actor? La industria del espectáculo está llena de historias de mujeres y hombres triunfantes que salieron a escena por primera vez, actuaron frente a una cámara o hablaron por el micrófono para superar la timidez. Orson Welles, Barbara Walters, Michael Caine, Henry Winkler y Carol Burnett son sólo algunos ejemplos de las docenas de celebridades que han confesado públicamente su timidez.[1] Los artistas aprenden temprano las ventajas de interpretar papeles, como Valerie Kaprisky, la sensual coestrella junto con Richard Gere en *Sin aliento,* explica: "Cuando asistía a la escuela de arte dramático, era tan tímida que no podía hacer nada sin sentirme ridícula. Lo superé al comprender que cuando estabas frente a la cámara o en el escenario podía hacer cualquier cosa porque no era yo. Tenía la coartada de que era un papel que interpretaba".[2]

Usted también puede usar la misma "coartada" para superar la timidez. ¿Cómo? Adopte su nuevo papel ensayando guiones que usted mismo escriba. ¿Qué pasa cuando *no actúa* como tímido? Interpreta el papel de una persona que no es tímida.

Los guiones le capacitan para ensayar situaciones breves pero difíciles (desde presentarse en una reunión hasta disentir con alguien).[3] Es obvio que el método tiene sus limitaciones —difícilmente podrían escribirse guiones para todos los encuentros posibles en una reunión— pero puede usarlos para *hacer frente inicialmente* a cualquier situación y empléar la información sobre las habilidades sociales del capítulo 5 a fin de continuar su desarrollo.

COMO ESCRIBIR Y ENSAYAR LOS LIBRETOS

Primero decida qué papel va a interpretar: el amistoso asistente a una reunión, el estudiante curioso, el buscador de información, lo que sea. Imagine que un amigo está pidiéndole consejo. ¿Qué le diría en una situación particular? Al mantenerse al margen de una situación, es posible que descubra que sus ideas fluyen libremente y con mayor facilidad ya que usted va a interpretar un papel. Podría escribir varios guiones diferentes para una misma situación, con sus respuestas a reacciones distintas.

Más adelante encontrará muestras de guiones para varias situaciones. Le pido que después de cada muestra escriba un guión para una circunstancia similar tomada de la lista de situaciones de timidez que elaboró en el capítulo 1. No puedo escribir guiones para cada una de las situaciones que le producen timidez, y si pudiera, no lo haría. Mis ejemplos dan idea de lo que le pasa a una persona, yo, pero las palabras y expresiones de sus guiones deben reflejar *su* personalidad.

Después de redactar un guión para una de sus situaciones de timidez, ensáyelo con ánimo. Viva su papel y repita el texto en voz alta hasta que lo haya aprendido de memoria. Si puede disponer de alguien para que interprete el papel del concurrente a una reunión, médico, profesor o del que proporciona la información, tanto mejor. Como el actor que ensaya, encontrará que es más fácil hacerlo con otra persona.

Cuando se sienta cómodo con el guión, ensáyelo en una situación suya de timidez. Tome el teléfono y concerte una cita con el dentista o solicite al administrador del edificio algún arreglo que necesite. Pruebe su guión para presentarse en alguna reunión. Y tenga presente: usted es el único que conoce todo el texto. Mientras los actores tienen una ayuda salvadora —todos conocen el texto— usted no la tiene. Es raro que los otros respondan exactamente como usted lo ha imaginado. Pero no permita que una respuesta inesperada le haga perder el equilibrio: improvise la línea siguiente.

Una de las situaciones sociales más difíciles para los tímidos es presentarse a alguien desconocido. Ya sea a conocer a un empleado nuevo en la oficina o a alguien en una fiesta, el simple acto de dar su nombre llega a ser una perspectiva aterradora.

Cuando usted se presenta a alguien, su mente puede llenarse de indicaciones: sonríe, estrecha la mano, di tu nombre, piensa qué vas a decir después de tu nombre. Con ese torbellino en la cabeza ¡no es de extrañar que no oiga cómo se llama el otro!

Un truco viejo y útil para recordar el nombre de alguien a quien acaba de conocer es repetirlo en voz alta enseguida. Y lo que resulta más fácil para seguir hablando es referirse a la situación en que están.

Escenario: La reunión mensual de su división en la empresa. Mientras toman un café antes de iniciarla, usted ve a un hombre al que ha encontrado muchas veces en los pasillos cuando va a la sala de copias. Se acerca a él y...

Usted: Hola, soy Jessica. Lo he visto muchas veces y ya que trabajamos aquí, he decidido presentarme.

El: Hola, me alegra conocerte. Soy Nathan.

Usted: Mucho gusto, Nathan. ¿Eres nuevo en la compañía o te han trasladado de California?

El: No, soy nuevo: he empezado hace tres semanas. Esta es la primera reunión para mí. ¿Qué suele tratarse en estas reuniones?

Usted: Primero el señor Driscoll informa sobre la labor realizada por nuestra división durante el mes pasado y luego se refiere a los planes para este mes y nos informa sobre las nuevas políticas de la empresa.

Después...

¿Hay alguien nuevo en la compañía que usted ha estado deseando conocer? ¿Cómo empezaría a hablar con esa persona? En su cuaderno de autodesarrollo escriba un guión que incluya una breve descripción del escenario en el que tendría la oportunidad de presentarse a esa persona.

¿Alguna vez ha tropezado con alguien cuya cara reconoce pero ha olvidado el nombre? No se altere; nos pasa a todos. Lo mejor es recordarle a la persona dónde se vieron antes y volver a presentarse si ninguna de las dos recuerda el nombre de la otra.

Escenario: Haciendo las compras el sábado a la tarde, ve a un hombre mirando los libros de una estantería junto a la suya en la librería. Imposible acordarse de cómo se llama. El la mira y parece reconocerle. Usted se acerca.

Usted: Hola, creo que nos conocimos hace un tiempo en la subasta municipal de libros. Soy Paul.

El: Hola, Paul, te he reconocido pero no podía acordarme de dónde nos conocíamos. Soy Alan.

Usted: Me alegro de verte. ¿Buscabas algún libro en particular o estás mirando lo que hay?

El: Estoy mirando qué libros nuevos hay. El otro día leí un anuncio en el diario de una subasta de libros de Hillsdale. ¿Quieres que vayamos juntos? Está en la calle 25.

Usted: Me encantaría. ¿Tienes tiempo para tomar un café y contame mejor lo de la subasta?

El guión anterior podría tener un "Plan B". Casi siempre cuando uno dice su nombre el otro también lo hace. Pero ¿qué pasa si no lo dice?

El: He reconocido tu cara pero no recordaba dónde nos habíamos visto antes. ¿Cómo te va?

Usted: Muy bien, pero ¿sabes que no me acuerdo de cómo te llamás?

El: Soy Alan.

¿Qué pasa en una situación social en la que debe presentar a dos amigos o conocidos suyos? Las presentaciones de esta clase son típicas pero creo que es útil agregar de dónde conoce usted a cada persona.

Escenario: En un descanso entre clases usted va a la cafetería de la facultad. Kayla, a quien conoce de otra clase, se sienta con usted a tomar el café. Un momento después aparece un nuevo compañero y se acerca a los dos. Y usted debe presentarlos...

Usted: Hola, Scott. No sabía que también tenías el descanso ahora. Esta es mi amiga Kayla. Es compañera en la clase de historia. Kayla, te presento a Scott. Scott y yo sufrimos juntos las clases de francés a la horrible hora de las ocho y media de la mañana.

Kayla: Hola Scott, mucho gusto. Cursé francés el semestre pasado y también sufrí. Os compadezco.

Scott: ¡Todos pensamos lo mismo de este curso obligatorio! Bueno, hablemos de cosas más agradables. ¿Váis a ir al partido de baloncesto el viernes por la noche?

Usted: Me gustaría ir pero me sentiría culpable por no dedicar ese tiempo a estudiar para los exámenes.

Scott: Vayamos los tres juntos. No se puede pasar *todo* el tiempo estudiando...

Este es otro guión que exige un "Plan B". Suponga que no conoce tanto a Scott y que ha olvidado su nombre. Un simple pedido de disculpas y decir la verdad será lo mejor.

Usted: Hola, no sabía que también tenías el descanso ahora. Esta es mi amiga Kayla. Es una compañera de la clase de historia. Y ahora me siento como un estúpido porque no me acuerdo cómo te llamas.

Scott: No te preocupes. Yo también soy terrible para acordarme de los nombres. Soy Scott.

Usted: Bueno Scott, te presento a Kayla. Scott y yo sufrimos juntos todos las mañanas en las clases de francés.

Trate de redactar unos cuantos guiones en su cuaderno de autodesarrollo sobre el tema de las presentaciones. Y cuando las practique en sociedad, use las habilidades sociales del capítulo 5: haga preguntas que exijan respuestas largas, revele su personalidad, elija temas de conversación basados en la situación en que se encuentran y escuche de forma activa.

INFORMACION, POR FAVOR

Las reservas de pasajes y de hoteles, la información turística o sobre clases y seminarios, los horarios de las películas, los números de teléfono... Nuestras vidas dependen de una cantidad interminable de información y... la obtenemos de personas. A veces la persona es una voz anónima por teléfono: la de una operadora o un administrador.

Otras veces debe estar cara a cara con la persona que le informará de lo que usted necesita saber: una bibliotecaria o un vendedor.

Ya sea que usted solicite información por teléfono o personalmente, comience con una corta descripción de la información que busca y pregunte si está hablando con la persona que podría dársela. Si empieza con una historia larga y complicada, es posible que no le den la oportunidad de terminarla sino que lo transfieran de persona tres o cuatro veces y se encuentre repitiendo el comienzo de la historia una y otra vez. Cuando hago una llamada, siempre escribo un guión resumido. Incluyo en él todo lo que necesito averiguar, así no corro el peligro de olvidarme de algo importante.

Escenario: Durante semanas usted ha estado revisando los anuncios del diario en busca de alguien que venda una banqueta antigua de piano. Por fin ha aparecido un anuncio que describe lo que usted busca. Toma el teléfono...

Usted: Hola, llamo por el anuncio aparecido en el *Guardian* ofreciendo una banqueta de piano. ¿Estoy hablando con la persona que la vende?

Hombre: No, mi esposa es quien la vende. Espere un momentito que voy a buscarla.

Mujer: Hola...

Usted: Buenos días. Me interesa la banqueta descrita en el anuncio. ¿Puedo hacerle unas preguntas?

Mujer: Por supuesto que sí. ¿Qué quiere saber?

Usted: ¿De qué madera está hecha? ¿Tiene el asiento tapizado? También querría saber si está en buenas condiciones y el precio.

Si "llamar a personas que no conozco" es uno de los puntos de su lista de situaciones de timidez, divida la tarea en pequeños pasos, escribiendo el guión para la llamada que le haga sentir *menos* tímido. Practíquelo, pruébelo en la vida real y entonces siga adelante en el orden de llamadas. Tenga presente: dé un paso cada vez en el camino de la superación de su timidez y establezca objetivos realistas.

Es bastante fácil escribir un guión para una llamada telefónica, pero aproximarse a una bibliotecaria en busca de material de investigación (o peor: a su jefe) con un guión en la mano resultaría muy raro. Escriba el guión para el encuentro frente a frente, ensáyelo y lleve un "miniguión" en el que figuren todas las preguntas que quiere hacer. No va a pensar en usted con desprecio porque lleva una lista sino que, por el contrario, la otra persona se sentirá impresionada por su profesionalidad.

Escenario: Su viejo automóvil está deshaciéndose y ha decidido emprender la búsqueda para comprar otro. No está decidido respecto de si debe adquirir un coche nuevo o uno usado, aunque no demasiado. Entra en un comercio y enseguida se le acerca un vendedor.

Vendedor: Buenas tardes, ¿puedo ayudarle?
Usted: Estoy mirando, nada más. Trato de informarme de lo que cuesta un coche nuevo y uno usado pero en buenas condiciones.
Vendedor: Veamos. Tenemos una buena selección de automóviles tanto usados como nuevos. Creo que va encontrar algo satisfactorio. ¿Cuánto puede gastar?
Usted: No lo sé exactamente. Busco un coche de buen rendimiento y bajo coste de mantenimiento. Espere, aquí tengo una lista de las condiciones que quiero. Veamos... ¡Oh, casi lo olvido! No me gusta conducir si no tiene dirección automática. Y necesito saber el plan de financiación, y si el concesionario tiene plazos con un interés coincidente con el de mi banco y...

Revise su lista de situaciones de timidez y elija una en la que debe afrontar a alguien, situación que siempre ha tratado de evitar. Recuerde que debe empezar por la que menos le cuesta y no se preocupe si debe consultar la lista con frecuencia.

CONCERTANDO CITAS

Hay veces en que debemos consultar a profesionales y, a veces, concertar las citas con ellos resulta un poco intimidante. Los médicos, dentistas, abogados, administradores, terapeutas, todos son profesionales ocupadísimos y tienen un arsenal de defensas a colocar entre ellos y usted. Cuando llama por teléfono para hacer una cita, puede ser que le atienda una secretaria, un servicio de atención telefónica o un contestador automático. Esté preparado para dejar su nombre y su número de teléfono y el mejor horario para que le llamen. Y explicite su guión por teléfono para poder referirse a él cuando reciba la llamada del profesional.

Escenario: Usted sabe que hace tiempo que debería haber ido al dentista, pero ahora realmente está doliéndole la muela así que debe concertar una cita de emergencia...

Recepcionista: Consultorio del doctor Stevens...
Usted: Buenas tardes. Habla Vanessa Smith y quisiera que me diera hora lo antes posible...
Recepcionista: ¿Le duele una muela?
Usted: ¡Sí! Me duele muchísimo una muela.
Recepcionista: Lo siento. ¿Es la primera visita?
Usted: No, he estado otras veces pero hace unos años...
Recepcionista: Voy a consultar el libro... Puedo darle hora para hoy a las cuatro. ¿Le parece bien?
Usted: Muy bien. Tenga por seguro que no voy a olvidarme de la cita.

Una llamada más difícil, para la que se necesita más valor, es la que debe efectuar para concertar una cita con un médico para algo más que un examen de rutina o cuando ha decidido que necesita ayuda de algún consejero para resolver un problema.

Escenario: Usted ha dejado su nombre y número de teléfono en un servicio de atención telefónica para el doctor Evans, un terapeuta. Poco después suena su teléfono.

Doctor Evans: ¿Podría hablar con Merrill Cox, por favor?
Usted: Está hablando con ella.
Doctor Evans: Soy el doctor Evans...
Usted: Gracias por llamarme, doctor Evans. Le he llamado por indicación del pastor de mi iglesia y quisiera saber si dispone de tiempo para atender a otro paciente.
Doctor Evans: Sí, puedo hacerlo.
Usted: ¿Podría decirme también cuántos años tiene de práctica y cuál es su orientación?

Doctor Evans: Hace diez años que trabajo. Soy un psicólogo clínico y tengo un enfoque psicodinámico en la terapia. ¿Podría resumir por qué busca ayuda?

Usted: Soy una persona extremadamente tímida y he estado haciendo lo posible para superar la timidez pero creo que necesito ayuda. ¿Ha trabajado con otras personas tímidas?

Doctor Evans: He trabajado con pacientes que tienen fobias sociales y conozco la literatura sobre el tema de la timidez.

Usted: Ajá. ¿Cuáles son sus honorarios por sesión?

Doctor Evans: Mis honorarios por hora son setenta y cinco dólares. Si no lo ha hecho ya, averigüe si su seguro médico cubre la terapia.

Usted: ¿Podríamos concretar una consulta inicial, doctor? ¿Podría ser a última hora de la tarde? Porque trabajo todo el día...

Doctor Evans: No tengo horas disponibles después de la siete pero sí por la mañana temprano. ¿Querría venir el martes a las ocho y media?

Usted: Sí, iré doctor. Necesito la dirección y unas indicaciones para llegar.

Cuando necesita ayuda especial de un médico o un consejero, se siente vulnerable y por eso esas llamadas son más difíciles que las otras. Un guión preparado de antemano le capacitará para efectuar la llamada con más confianza y seguridad.

LA VOZ DE LA AUTORIDAD

Nunca falla. Cada vez que estoy conduciendo el coche y veo señales de luces en el espejo retrovisor, de inmediato supongo que he cometido una infracción. E, inevitablemente, el automóvil de la policía me adelanta en persecusión de algo más grave que conducir a 8 kilómetros por encima del límite de velocidad. Sin embargo mi corazón tarda unos minutos en retornar al ritmo normal. Hay algo en las autoridades de cualquier clase que oprime el botón del pánico.

Cada vez que usted esté en presencia de una autoridad —un oficial de policía, el supervisor, un maestro, un abogado, un médico— recuerde que ellas también son personas. No hay nada mágico ni todopoderoso en ellas. Las autoridades son personas expertas en algo y han sido preparadas para ayudarle. Usted sólo está pidiéndoles lo que necesita de ellas.

Escenario: Usted pasa horas en la biblioteca preparando el trabajo que debe presentar para aprobar el curso y piensa que está haciendo un buen trabajo. Cuando se lo devuelven con la nota de aprobado, se siente desilusionado. Y decide preguntar al profesor por qué le ha puesto nota tan baja.

Usted: Buenos días, profesor Casey. Quisiera hablarle sobre la calificación de mi trabajo.

Casey: ¿No está conforme con la nota?

Usted: No, profesor. He trabajado mucho y no entiendo por qué no he sacado una nota mejor.

Casey: Creo que al final de su trabajo he escrito un comentario diciendo que el tema no estaba completamente tratado. Lo que usted ha escrito está bien pero ha investigado sólo un aspecto del tema. Ha elegido uno extenso y por eso creo que carece de equilibrio. Un trabajo completo hubiera sido calificado con sobresaliente.

Usted: Pero al terminar con este aspecto ya había escrito el máximo de páginas que usted había establecido.

Casey: Como este parcial supone el cincuenta por ciento de la calificación final, voy a permitirle que lo vuelva a redactar. Tiene que resumir lo que ha escrito y agregar comentarios sobre los otros aspectos del tema.

Usted: Se lo agradezco mucho, profesor. Quiero ser un buen alumno en su curso y me encantaría tener una nota mejor en este trabajo.

¿Qué "autoridades" hacen latir su corazón con más rapidez? Vuelva al cuaderno de autodesarrollo y trate de escribir unos guiones cortos para usarlos con aquellas personas a quienes le resulte más difícil afrontar. Voy a darle otro ejemplo de cómo se habla con una autoridad, una más cercana a su hogar.

Escenario: Usted acaba de trasladarse a un apartamento nuevo. El alquiler está dentro de sus posibilidades y queda cerca del trabajo. Pero el techo del baño tiene grietas y la pintura está resquebrajada como resultado del arreglo de una filtración. Aunque lo del techo no es peligroso, queda muy feo. Usted quiere que lo arreglen...

Usted: Buenos días, señor Mahoney. Le habla Audrey Rowland, la nueva inquilina del quinto F. Quiero solicitarle una reparación.

Mayoney: ¿Cuál es el problema?

Usted: El techo del baño con la pintura destrozada. Le agradecería mucho que lo hiciera reparar.

Mayoney: ¿Hay humedad?

Usted: No, está bien seco.

Mayoney: Así que no se trata de una emergencia...

Usted: No, pero queda muy feo y yo sé que usted quiere que el apartamento tenga buen aspecto. ¿Cuándo podría realizar la reparación?

Mahoney: Iré mañana a ver lo que hay que hacer. Hasta que no vea el
techo no sabré si es algo que puedo hacer yo mismo o si necesito un
pintor.

Usted: Muchas gracias, señor Mahoney.

LOS INTERCAMBIOS DIFICILES

Los intercambios difíciles son aquellos en los que usted quiere mostrarse seguro sin parecer exigente. En una conversación quizá quiera
disentir con la opinión de alguien. En otras circunstancias podría tener
que pedir lo que quiere, ya sea algo de tiempo para usted o ver otra película
y no la que habían acordado. O quizá una amiga le pide algo que usted no
desea satisfacer y quiere decir "no".

Las personas tímidas a veces tienen dificultades para expresar sus
opiniones, sobre todo cuando están en contra de la de la mayoría. Aquí va
un ejemplo de cómo manejar una situación de este estilo.

Escenario: Durante una barbacoa está conversando con sus vecinos. El
tema es la nueva ley sobre el uso de los cinturones de seguridad y sus dos
vecinos coinciden en afirmar que el estado no debería ordenar el uso del
cinturón sino dejarlo librado a la voluntad de cada uno. Usted no opina de
igual manera.

Bob. ¿Han visto que ya se ha aprobado la nueva ley sobre los cinturones
de seguridad? Me pregunto qué más nos ordenarán hacer.

Josh: Sí, lo he leído en el diario esta mañana. Me enfurece. Yo debería
poder elegir si lo uso o no.

Usted: No estoy de acuerdo. Creo que es una buena ley.

Josh: ¿Cómo puedes decir eso? Nuestras vidas están demasiado regidas
por leyes. Si no uso el cinturón, soy yo el que podría sufrir el
accidente: no afecta a nadie más.

Usted: Un accidente nos afecta a todos. Cuando alguien sale volando
por la ventanilla, se llama a la policía, a la ambulancia y se acaba en
la sala de urgencias de un hospital. Un accidente cuesta muchos
dólares a los contribuyentes. Y se elevan las pólizas de seguros para

cubrir los gastos. Por lo menos deberían pensar en la ley como medida económica.

Bob: Es verdad lo que dices. Creo que sigue sin gustarme que me digan lo que tengo que hacer, pero entiendo tu punto de vista.

Josh: No sé. Creo que tengo que pensar un poco más sobre el asunto.

No estar de acuerdo con la mayoría nos hace destacar en la multitud. La investigación enseña que a los tímidos les resulta muy difícil el disenso.[4] Si salta un tema sobre el que su opinión está bien fundada, es mejor que contribuya con ella y no que parezca que está de acuerdo con los demás porque no dice nada. Cuando usted esconde sus verdaderos sentimientos, está dificultando a los demás la tarea de conocerlo. Apoye su punto de vista con hechos, no con acusaciones personales, y los demás no se sentirán molestos. Hasta pueden convencerse y cambiar de opinión.

* * *

Las actividades grupales exigen el intercambio de opiniones. Unas veces usted tiene que hacer justamente lo que desea mientras que otras participa de alguna actividad que no hubiera elegido. Y hay ocasiones en las que no está de acuerdo para nada con la idea que han propuesto...

Escenario: Está discutiendo con dos de sus amigas qué película van a ver esa noche, porque las dos piensan que sería muy divertido ir a ver una de terror y a usted le disgusta el género...

Amiga 1: ¡Ya sé! Vayamos al Orpheus. Dan *Psicosis.* La vi hace muchos años.

Amiga 2: Yo no la he visto pero me dijeron que es escalofriante.

Usted: A mí no me gustan las películas de terror.

Amiga 2: Vamos, es de Hitchcock. ¡Un clásico!

Amiga 1: Sí... además no es como otras muy sangrientas. Debes ver ésta.

Usted. Ya he oído hablar de ella. ¿Por qué no vemos una de espías? En el Biograph dan *El espía que vino del frío.* No la reponen con frecuencia y es buenísima.

Amiga 1: Me parece bien. Me gustaría una de espionaje.

Amiga 2: De acuerdo.

Usted: ¡Qué alivio! Veamos, la dan a las siete y media y a las nueve y cuarenta. ¿A qué sección vamos?

Para algunos de nosotros es difícil, pero decir "no" es parte de la vida. Si usted no aprende a decirlo, terminará por hacer lo que no quiere o sacrificando sus gustos para complacer a todos.

Escenario: Un compañero de trabajo le pide que lea su informe mensual antes de entregarlo al jefe el lunes. Es viernes por la tarde, usted ha tenido una semana de muchísimo trabajo y tiene compromisos para el fin de semana. Apenas podrá descansar, no hablemos de disponer de unas horas para leer el informe con atención.

Walter: Hola, acabo de terminar el informe mensual pero no me siento satisfecho, así que he pensado que a lo mejor podría llevártelo el fin de semana y darme tu opinión.

Usted: Mira Walter, este fin de semana tengo compromisos y no me queda tiempo. Es uno de esos fines de semana lleno de compromisos.

Walter: Bueno, lo que pasa es que tú has hecho muchísimos informes y es el primero que yo hago y quiero causar buena impresión al jefe...

Usted: Walter, estoy seguro de que el tuyo es perfecto. Puedo echarle un vistazo ahora pero lamento no poder dedicarle más tiempo. No sucede a menudo pero este fin de semana es imposible que lo revise.

Walter: Lo entiendo. Pero si puedes echarle un vistazo ahora me sentiré mejor.

Cuando se encuentra con alguien insistente, que trata de que usted le diga "sí" por cansancio, no tiene más que una salida. Repita que no puede como un disco rayado, hasta que finalmente el otro se convenza. Si no puede negarse de forma directa, dígale que lo pensará, que tiene que ver su agenda y que le contestará más tarde. Entonces ensaye un buen motivo para decir "no" y, por supuesto, cumpla contestándole más tarde.

Resumiendo: los guiones le ayudarán a practicar lo que quiere decir en muchas situaciones, e interpretar un papel puede ayudarle a vencer la timidez. Piense en el actor Giancarlo Giannini. Después de licenciarse como ingeniero electricista, decidió inscribirse en la escuela de arte dramático para ver si podía vencer su timidez. Ser actor se convirtió en su profesión y en 1975 apareció en las pantallas norteamericanas como una verdadera estrella.[5]

Puede que usted no se convierta en una estrella internacional mediante el ensayo de sus guiones pero deberían servirle de inspiración los actores y actrices que superaron la timidez y participan de una industria exigente con mucho éxito. Use las mismas armas que ellos para luchar contra la timidez en *su* vida.

7
El arte de la amistad

Espero que haya estado trabajando con aplicación en los ejercicios para superar la timidez. Porque una de las mejores recompensas por sus esfuerzos para superar la timidez es la expansión, el fortalecimiento y el apoyo de sus relaciones sociales.

LA TIMIDEZ Y LA AMISTAD

Si es tímido, lo más probable es que no tenga muchos amigos.[1] Como declaró tristemente Amy, una participante de uno de mis estudios: "Desde que estaba en el secundario adopté la actitud de no molestarme en hacer amistades. Me parecía demasiada la angustia por la que tenía que pasar".

Quizá la mayor parte del apoyo emocional lo haya recibido de su familia. Y ¿qué pasa con las amistades que tiene? Los estudios nos indican que casi todos los tímidos sienten que sus amigos no les proporcionan la comprensión, el afecto, el apoyo, la empatía que los tímidos ansía.[2] Para empeorar las cosas, la timidez impide sacar ventajas de las oportunidades sociales: los lugares y circunstancias en que pueden establecerse nuevas amistades.

Todas las barreras que impiden ganar amigos están formadas con los componentes de la timidez a los que me referí en capítulos anteriores. Recapitularé brevemente:

■ Baja autoestima: A menos que empiece a sentirse bien consigo mismo, no se dará cuenta de que los demás tienen interés en conocerle y llamarle amigo. La conducta tímida protege su autoestima. Si se mantiene al margen, evite la desilusión y la vergüenza pero al precio de la soledad y el aislamiento.

120

• Miedo al rechazo: No puede acercarse a los demás porque está preocupado pensando si le aceptarán o no.

• Autoabsorción: La atención obsesiva a sus propios pensamientos y comportamientos le impide recibir retroalimentación positiva de los demás. Le mantiene centrado en sus propias expectativas irreales y exageradas concernientes a su conducta.

Estas barreras también afectan a la manera en que usted es visto por los demás y eso disminuye la probabilidad de trabar amistades. Se han dedicado algunos estudios a la forma como las personas no tímidas interpretan la timidez. En un estudio, los entrevistadores describieron a los participantes tímidos como "preocupados, débiles, frágiles y reticentes". También subestimaron la inteligencia de los tímidos. Los compañeros de habitación de los estudiantes tímidos también hicieron descripciones negativas: "llenos de autocompasión", "están a la defensiva", "excesivamente prudentes", "derrotistas". Casi las únicas personas que veían a los tímidos de forma positiva eran sus cónyuges, que habían tenido tiempo para llegar a conocer a la persona que existe detrás de la timidez.[3]

Las percepciones erróneas crean un círculo vicioso. La timidez hace que se esté intranquilo en las situaciones sociales. Otros la interpretan como indiferencia y eso afecta negativamente la opinión que se forman de usted. La única manera de salir del círculo vicioso es practicar los ejercicios de este libro; elegir, de forma consciente, cambiar el comportamiento y continuar los ejercicios en el mundo social.

LAS RECOMPENSAS SOCIALES DE LA AMISTAD

Las amistades son vitales para gozar de la vida. Proporcionan lo que los psicólogos denominan *recompensas sociales* —atención, respeto, elogio, simpatía y afecto— todo lo que no se adquiere con dinero.[4] Como somos una especie social, hay veces en que hasta la simple presencia de otra persona es compensadora.

El precio que pagamos por las recompensas sociales es "en especies". Para ganar el respeto de otros debemos tratarlos con respeto; para que nos elogien debemos reconocer los méritos de los demás; para ganar la simpatía de otras personas debemos demostrar calidez. Quizá como extensión de la autocrítica, los tímidos juzgan a las otras personas: tienen dificultades con la reciprocidad que sostiene la amistad.

Las recompensas sociales implican el "toma y daca": usted no puede recibirlas pasivamente. No basta con sonreír y asentir durante una conversación. Debe *intervenir* de vez en cuando para demostrar que le interesa y que está alerta. De otra manera usted está a merced de quienes le rodean, esperando siempre que *ellos* hagan la primera jugada.

¿CUAL ES EL EQUILIBRIO?

A nadie le gusta sentirse aislado y solitario. Pero ¿significa eso que en cada minuto del día debe haber gente presente, dando y recibiendo recompensas sociales? Desde luego que no. Todos nosotros necesitamos un tiempo para estar solos y un tiempo para compartir con otros. ¿Cuánto tiempo libre dedica a aficiones que practica solo? ¿Cuánto comparte con amigos? No existe una respuesta que sea buena o mala. Cada persona tiene diferentes necesidades. Algunas quieren pasar más tiempo acompañadas que solas; otras necesitan más tiempo de soledad. Sólo usted puede determinar cuál es su equilibrio.

Usted sale del equilibrio cuando opta por ver la televisión, leer un libro o trabajar con su colección de postales cuando preferiría estar acompañado por sus amigos. Cuando comienza la sensación de soledad, aburrimiento o inquietud, es el momento de recuperar el equilibrio.

El equilibrio ideal oscila y varía en el transcurso del tiempo. Si usted trabaja en una oficina, rodeada de gente, su tiempo privado tiene mucha importancia. Pero un trabajo sin mucha interacción social puede animarle a buscar amigos en las horas libres. Algunos períodos de la vida exigen retirarse de la vida social activa y disponer así de tiempo para la introspección. En otros momentos, el torbellino de la vida social le hace sentir vivo y desarrollándose.

En su cuaderno de autodesarrollo describa su equilibrio ideal en el presente. En una semana ¿cuánto tiempo necesita para usted mismo? ¿Cuánto para la vida social? ¿Cuánto tiempo prefiere pasar a solas? Decídase ya a trabajar para establecer su equilibrio ideal.

LOS RIESGOS Y LAS RECOMPENSAS DE LA AMISTAD

Cualquier relación humana puede herirnos. Un amigo puede lastimarnos con palabras o hechos, traicionar una confidencia o no querer hacer algo que le hemos pedido. Nos desesperamos por la muerte de una amistad íntima. A veces nos vamos separando de un amigo porque cada uno cambia y toma distinta dirección. Esas separaciones no son menos penosas que la terminación de una amistad.

Si existe tanto potencial para herir ¿por qué valoramos tanto a los amigos? Porque son esenciales para la vida. Las recompensas de la amistad valen los riesgos que se corren. Un amigo de verdad ofrece la compañía de un amante, un cónyuge o un miembro de la familia, sin mezclarse tan totalmente con nuestra vida. Los amigos nos ayudan a ver las cosas con otros ojos. Enriquecen nuestra vida y nos ayudan a crecer. Los amigos comparten los altibajos de nuestra vida, nos proporcionan el hombro para apoyarnos y llorar, nos dan la palmada en la espalda cuando logramos algo, nos ofrecen su experiencia y sus consejos y agregan la chispa de la diversión a nuestra vida cotidiana.

LOS TIPOS DE AMISTAD

A muchos tipos de personas llamamos "amigos". Podemos considerar amigo a un compañero de trabajo aunque no lo veamos fuera del horario de la oficina. Podemos llamar amigo al vecino de al lado aunque no hablemos más que del cuidado de los animalitos domésticos y del riego de las plantas cuando nos vamos de vacaciones. Un compañero de clase puede ser un amigo aunque no volvamos a vernos después de licenciarnos.

Amigo es un título que damos de forma indiscriminada: desde las personas que sólo son conocidas y la nueva gente que aparece en nuestras vidas y con quien esperamos llegar a cultivar la amistad, hasta aquellas personas ante las que desnudamos el alma. Amigos diferentes satisfacen necesidades diferentes. Un compañero de trabajo puede comprender mejor que nadie las frustraciones del trabajo y el entusiasmo ante los proyectos nuevos o los ascensos. Un viejo amigo comparte nuestra historia pasada y puede revivir con nosotros "aquellos buenos tiempos". Los amigos nuevos nos conocen como somos ahora; tienen lo mejor (y lo peor) de nosotros sin haber visto el proceso de nuestra maduración.

Muchas personas cuentan como amigos, cada una completando una faceta de nuestra vida. De cierto modo, los dos individuos involucrados en la amistad son los que colocan las barreras que limitan la amistad. Por ejemplo, usted puede conocer a alguien con quien le gustaría tener amistad. Pero esa persona puede no disponer del tiempo necesario para invertir en una nueva e íntima amistad o puede ser incapaz de abrir su corazón como lo exige la amistad íntima. Entonces se acepta una amistad fácil y ocasional. Algunas amistades se desarrollan rápidamente al compartirse enseguida los detalles de la vida personal. Otras personas se hacen amigas con lentitud, a medida que va cayendo la máscara que presentamos al público y van revelándose las facetas íntimas de la personalidad. No todos los amigos deben ser "íntimos", pero los íntimos son los más importantes.

LAS CUALIDADES DE LA AMISTAD INTIMA

El respeto, la confianza, el apoyo, el cariño, la ayuda mutua son las principales características de la amistad íntima. Pero no son las *bases* de la amistad. Joel Block, un psicólogo que dirigió un estudio sobre la amistad a fines de la década del 70, describe tres ingredientes de la amistad.[5]

El primero es la *autenticidad,* la libertad de ser uno mismo sin preocuparse por la "cara" que debe presentar. Es la libertad de relajarse y limitarse a ser uno mismo.

El segundo es la *aceptación.* Sin la red de seguridad de la aceptación nos resultaría difícil sentirnos lo suficientemente libres para expresar toda la gama de nuestros pensamientos y sentimientos. Los amigos no sólo aceptan nuestras cosas buenas sino también los defectos. Si tuviéramos que preocuparnos por ser juzgados y condenados, nos retraeríamos. Hay un proverbio árabe que expresa bellamente el concepto de aceptación: "Un amigo es alguien en quien uno puede verter todo el contenido de su corazón, la paja y el grano, sabiendo que sus manos gentiles los separarán y guardarán lo que vale la pena y con un soplo de bondad dispersarán el resto al viento".

El tercero es la *franqueza:* decir al amigo lo que usted necesita, lo que desea. Un amigo no siempre podrá satisfacer sus demandas, pero es mejor decirle qué espera usted, antes que confiar en la manipulación o en la comunicación indirecta. La franqueza es también la manera de compartir los sentimientos positivos: decirle al amigo cuánto significa para usted. Y es expresar las emociones más difíciles: las penas y los enfados. "Me sentí herido cuando no me invitaste a conocer a tu viejo ex-compañero de la escuela." "Me enfurecí cuando supe que le contaste a Gary que me habían despedido. No quería que todos lo supieran." Expresa los sentimientos con sinceridad, mantiene abiertas las líneas de comunicación y no hace que su amigo tenga que leer la mente.

La autenticidad, la aceptación y la franqueza deben ser recíprocas. Puede sonar cursi, pero la regla de oro de la amistad creo que es: "Haz a otro lo que quieres que te hagan a tí".

LAS COSAS QUE ARRUINAN LA AMISTAD

Los tímidos deben ser conscientes de dos factores que arruinan la amistad. El primero concierne a la falta de *revelación de sí mismo.*[6] El tema se trata en el capítulo 5 y quiero volver a destacar la importancia de la autorrevelación en la creación de la amistad. Si alienta a su nuevo amigo a confiar en usted, a contarle sus pensamientos más privados, pero nunca comparte con él sus propios pensamientos, ideas y sentimientos, la relación está desequilibrada. Su amigo se sentirá vulnerable y en inferioridad de condiciones. Usted sabrá muchísimo de él y él sabrá poquísimo de usted, de lo que le motiva y de lo que le importa. El poder estará en sus manos en lugar de equitativamente distribuido.

Sé que aprender a compartir los pensamientos y sentimientos parece difícil. Si está acostumbrado a guardar sus pensamientos —evitando así el riesgo de rechazo— le costará bastante esfuerzo cambiar sus pautas para relacionarse. Puede llevarle un tiempo sentirse seguro con un amigo.

El segundo factor que arruina la amistad es la *hiperdependencia.* Como los tímidos suelen tener un círculo restringido de amigos, llegan a apoyarse pesadamente en una o dos personas para satisfacer sus necesidades de amistad. Parte de la insatisfacción que experimenta la gente tímida con sus amistades es el resultado directo de exigir demasiado a pocos amigos.

Cuando usted espera que una persona le dé todo —que sea el compañero constante, el confidente, el que le ayude y le dé consejos— llega a cansarse rápidamente. Usted debe crear una red de amigos y compartir su tiempo libre y sus opiniones con varias personas.

COMO SE FORMAN LAS AMISTADES

Durante muchos años los psicólogos sociales estudiaron cómo y por qué llegamos a conocer a las personas que encontramos. Por supuesto que las personas que vemos con más regularidad son las que con mayor probabilidad se convierten en nuestros amigos. Es el estudiante que se sienta a su lado en clase, o el compañero de trabajo que encuentra todos los días tomando café o los vecinos que viven más cerca de su casa. Al ver a esas personas todos los días, cada vez le resultan más familiares, menos extrañas. Se hace más fácil iniciar una conversación con ellas y, poco a poco, llegar a conocerlas. (Desde luego que, si por algún motivo, alguien le ha caído antipático al comenzar la relación, los encuentros repetidos difícilmente cambian sus sentimientos.) Parecería que la amistad es algo que se produce al azar, con cualquiera que veamos mucho en nuestro ambiente.

Su estado emocional también influye en la forma como reacciona ante la gente nueva. Cuando se siente feliz y dinámico, parecerá más receptivo, la gente se le acercará más y usted reaccionará positivamente a los extraños. Pero si se siente amargado o deprimido no estará con ánimo para conocer a nadie. Si bien el extraño no es responsable de su buen o mal humor, lo que usted siente en ese momento coloreará la percepción que usted tiene de esa persona extraña y pensará si vale la pena hacer el esfuerzo de mostrarse amistoso.

Otro factor principal en la formación de amistades es su necesidad de tenerlas. Si tiene muchísimos amigos, es probable que no haga el esfuerzo por conocer a esa persona que encuentra casualmente todos los días en la parada del autobús. Pero si inicialmente los dos se comportaban de forma neutra o positiva y ambos desean ampliar el círculo de amistades, esos encuentros diarios pueden llevarles al comienzo de una amistad.

Supongamos que ve a la misma persona con regularidad y supongamos que está interesado en tener más amigos, ¿qué determina que esa relación inicial se transforme en amistad? En los primeros encuentros con un amigo en potencia, las conversaciones se basan en la comparación de actitudes.

¿Comparten un sentido de la vida similar? ¿Les agradan las mismas diversiones? ¿La misma música o literatura? En general, cuanto más cosas tengan en común, más se agradarán mutuamente y cuanto mayor sea el parecido mayor será la probabilidad de trabar amistad.[7] Esto no significa que dos amigos deban coincidir en todo (¡sería aburridísimo!) pero cuanto mayor sea la proporción de coincidencias en las ideas y escalas de valores mayor atracción sentirá el uno por el otro.

Esta característica suele extenderse a los rasgos de la personalidad. Si bien se dice que los opuestos se atraen, la investigación demuestra que las personas de personalidades semejantes tienen relaciones más felices y duraderas. Eso tiene sentido: una persona sumisa se cansa si el amigo dominante la tiraniza. Una persona prudente se cansa de intentar calmar al amigo impulsivo. Las amistades más íntimas se desarrollan entre personas parecidas.

126

Lo que finalmente determina la amistad es cuánto le quiere la otra persona y cuánto expresa sus sentimientos positivos hacia usted. A todos nos gusta escuchar palabras de elogio y de ternura (excepto cuando se trata del halago falso). Cuando una persona le valora de forma positiva ¡usted la quiere! Hasta pueden superarse las diferencias en las actitudes o las personalidades cuando se comunican simultáneamente el respeto y el cariño del uno por el otro.

COMO SALIR A HACER AMIGOS

Ahora que sabe un poquito sobre las amistades y cómo se establecen, ha llegado el momento de hacer un plan para la expansión de su red social. Salir con la vaga noción de hacer amistades, probablemente no le conduzca a nada. Y es fácil decirse: "Me culparé de eso después". Debe examinar sus recursos, determinar sus necesidades, decidir el curso de la acción y ponerse en la actitud mental adecuada.

Dos recursos que debe tener en cuenta son el tiempo y la posición económica. Muchas horas de trabajo y/o muchas obligaciones en el hogar le obligarán a planificar muy bien su tiempo. Después de las horas de trabajo, del tiempo "de mantenimiento" (compras, tareas y reparaciones caseras, etc) y el tiempo personal, ¿cuántas horas le quedan libres por semana? Use la tabla siguiente para determinar el número semanal de horas.

	LU	MA	MI	JU	VI	SA	DO
Trabajo	—	—	—	—	—	—	—
Mantenimiento	—	—	—	—	—	—	—
Tiempo personal	—	—	—	—	—	—	—
Dormir/descansar	—	—	—	—	—	—	—
Total de horas	—	—	—	—	—	—	—
Horas que quedan libres	—	—	—	—	—	—	—

La tabla debe mostrarle cuántas horas libres le quedan por día para hacer lo que quiera. También deberá tener en cuenta su nivel de energía y cómo está en las horas libres. ¿Cuáles son sus mejores horas? Quizá le ha quedado suficiente tiempo disponible como para inscribirse en un curso nocturno. Pero si su nivel de energía es bajo después de la jornada laboral, una clase en el fin de semana le sería más útil.

Ahora que tiene el cuadro de su tiempo "para divertirse", dividámoslo más aun. Tiene que preguntarse cuántas horas de tiempo libre quiere dedicar a conocer gente nueva y hacer nuevos amigos. Idealmente usted quiere lograr el equilibrio entre sus aficiones particulares (leer, coser, trabajar en el jardín) y pasar el tiempo con los viejos amigos, y la sociabilidad con personas nuevas.

Mi tiempo libre en horas por semana: _____

Quiero pasar

_____ horas en mis aficiones o actividades personales,
_____ horas con mis viejos amigos,
_____ horas saliendo y buscando nuevos amigos.

Empiece empleando el tiempo anotado para crear la amistad pero permítase la libertad de disminuir o aumentar la cantidad de tiempo a medida que va progresando. Podría descubrir que ha dedicado demasiadas horas a establecer amistades. O podría descubrir que eso le gusta y entonces quiera alargar el tiempo de dedicación. Cualquiera que sea la cantidad de horas que ha decidido dedicar a hacer nuevos amigos, lleve un diario en su cuaderno de autodesarrollo y anote los objetivos para esas horas, lo que ha hecho y su nivel de placer.

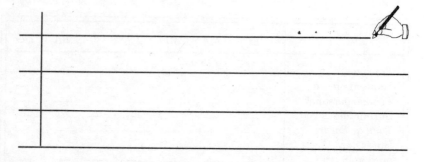

Otra cosa que debe tener en cuenta son sus recursos financieros. Por desgracia salir a conocer gente cuesta dinero: el precio de la entrada en el cine o las clases que haya decidido tomar. Cuando empiece a planificar, considere qué porcentaje de su presupuesto puede dedicar a su propósito. Pero no deje que el dinero le detenga: hay muchas maneras de salir y hacer relaciones sin gastar sus ahorros.

Dónde conocer gente

Usted encuentra personas compatibles con usted haciendo algo que le guste. Si tiene en cuenta que preferimos estar con personas similares a nosotros, se ve con claridad la sabiduría de ese consejo. También es más probable que se relaje, se entretenga y se sienta más cómodo cuando está realizando una actividad que le causa placer.

¿Qué le gusta hacer? Aquí va una lista para ayudarle a pensar en lo que le agrada.[8] Señale las actividades que le gustan, o que realiza en la actualidad y le resultan placenteras o las que quisiera probar. (La lista está lejos de ser completa así que, por favor, agregue las que se le ocurran.)

□ actuación
□ animales/anim. domésticos
□ crítica de arte
□ astronomía
□ reparación de automóviles
□ jardinería
□ montañismo
□ camping
□ danza
□ radio
□ esquí de pista
□ esquí de fondo
□ natación
□ tenis/frontón
□ ciclismo
□ motociclismo
□ estudio de la naturaleza
□ bridge/otros juegos de cartas
□ carpintería
□ diseño
□ decoración de interiores
□ escribir
□ editar
□ caligrafía
□ alfarería/cerámica
□ ajedrez
□ _____
□ _____
□ _____

□ idiomas extranjeros
□ moda
□ crítica musical
□ piano, guitarra, etc.
□ fotografía
☑ comunicaciones
□ artesanías
□ coser/tejer
□ cocinar para gourmets
□ aeronáutica
□ motonáutica vela
□ genealogía
□ equitación
□ artes marciales
□ ópera
□ canto
□ teatro
□ dibujo/pintura
□ reparaciones en la casa
□ caminar
□ *jogging*
□ antigüedades
□ coleccionar postales/monedas
□ baloncesto/vóleybol
□ bordado
□ manualidades
□ _____
□ _____
□ _____

De las actividades que ha señalado y las que ha añadido, ¿cuáles se realizan con otras personas? Esas son las que usted debería elegir pues son las que pueden producir nuevas amistades.

Las clases para adultos son una de las mejores fuentes para encontrar un tema o una actividad que ya le agrade o que quiera probar. Por lo general esos cursos no son muy caros. Las clases proporcionan la oportunidad de ver a los compañeros regularmente durante un período largo y en cada clase podría elegir sentarse al lado de alguna persona preferida. (Recuerde que la proximidad conduce fácilmente a la conversación.)

Otros lugares en los que puede descubrir grupos interesantes para integrarse son: la guía telefónica, los diarios, los boletines de las bibliotecas. También busque la asociación profesional que le corresponda. Esas organizaciones proporcionan oportunidades espléndidas no sólo para estar al día en su profesión sino también para conocer y conversar con sus compañeros. Otro lugar de encuentro es el trabajo voluntario. Además de ayudar con su tiempo y su trabajo a quienes lo necesitan, establece contacto con otras personas que tienen los mismos intereses y aptitudes que usted.

¿Qué clase de amigos busca?

Antes de iniciar la búsqueda de amigos nuevos, piense en la clase de amigos que le falta.[9] ¿Quiere más amistades de su mismo sexo o le faltan del sexo opuesto? ¿Busca una amistad íntima o una superficial (sólo compañía para salir y compartir con usted ciertas actividades)? ¿Busca un amigo a quien le apasione la misma afición que a usted?

Mientras piensa en sus necesidades, mantenga los ojos abiertos para que no se le escape alguien que puede ser de otro tipo de amigo que quiere encontrar. Sé que eso suena frío, práctico y utilitarista. Pero recuerde que usted está tratando de equilibrar su vida social. Si ya tiene algunas amistades no íntimas, un amigo más de ese estilo, no va a hacerle sentir muy satisfecho pues lo que usted busca, en realidad, es una amistad más próxima a sí.

Tome el cuaderno de autodesarrollo y establezca sus objetivos. Ya ha calculado el número de horas que quiere dedicar a crear una nueva amistad. Ha estado pensando en las actividades preferidas y en el tipo de amistad que desea. Anote todo y... salga a buscarlo. Y recuerde que debe recompensarse por cada paso que avance.

Mantenga una actitud mental positiva

Antes de emprender la búsqueda, tómese unos minutos para una sesión de AMP (Actitud Mental Positiva). Como quiera que haya sido su día —bueno, malo o anodino— siéntese, relájese y centre sus pensamientos en la espera positiva de su actividad para el tiempo libre.

Si lo desea, repase los datos sobre las habilidades sociales del capítulo 5 para refrescar la memoria. Piense que el mejor resultado que podría lograr sería conocer a alguien con quien entablar una amistad. El peor resultado sería sólo haber participado en algo que le gusta y quizá haber aprendido algo. De cualquier manera, puede darse una palmadita en la espalda por haber hecho el esfuerzo.

Usted solo

Es probable que no le guste el consejo que voy a darle: es esencial que *vaya solo* a la actividad que haya elegido. No lleve a un amigo, por tentador que eso le parezca, porque eso haría fracasar sus propósitos. Si lleva a un amigo, acabará conversando sólo con él en lugar de esforzarse por conocer a otras personas.

Si ingresa a un club u otra organización que forma pequeños grupos para la planificación de las actividades, ofrézcase como voluntario para participar en uno de esos grupos. Supongamos que se inscribe en un club de esquiadores y se forma un grupo para planificar las excursiones de fin de semana durante el invierno. Si forma parte del grupo, tendrá una tarea específica que cumplir y estará interactuando con un grupo reducido de personas. Es muy probable que llegue a conocer bien a los otros miembros del comité.

Si la simple lectura de lo anterior le hace temblar las piernas, haga el ejercicio siguiente. Cada vez que se encuentre participando con desconocidos en una situación, trate de entablar conversación. Hasta eso podría asustarlo, pero tenga presente que quizá no vuelva a ver a esa gente. No importa lo que un desconocido piense de usted. Se trata solamente de practicar.

Una vez viajé a Washington, DC para pasar allí un fin de semana largo durante el verano. En el vuelo de Boston a Washington estuve sentado al lado de un caballero de Nueva Zelandia. Al principio pensé que no le gustaría conversar pero al poco tiempo de despegar me preguntó si conocía el Aeropuerto Nacional de Washington. Pasamos el resto del viaje charlando sobre su trabajo y el mío. Era una persona muy interesante que viajaba mucho y el vuelo transcurrió rápida y agradablemente.

En el viaje de regreso, llegué al aeropuerto casi una hora antes del vuelo y en la sala de espera estuve conversando con una mujer de Escocia. Me contó cosas de sus chicos y cómo se casó con un norteamericano y vino a vivir a los Estados Unidos.

En el viaje me senté al lado de una joven que había estudiado en la misma facultad en la que yo trabajo. Fue otra oportunidad para conversar y pasar agradablemente el tiempo del vuelo.

Tres personas interesantes y vivaces. Es probable que no vuelva a verlas nunca pero las tres hicieron que mis viajes fueran agradables. Aproveche las pequeñas oportunidades para conversar con desconocidos de paso y creo que va a descubrir que gran parte de su ansiedad desaparece en cada situación. Hable con la persona que está detrás de usted en la fila del supermercado o de la tienda; salude a la persona que espera el autobús junto a usted; sonría y haga algún comentario sobre el restaurante a la persona que también está comiendo sola en la mesa de al lado. Anímese y arriésguese. Pronto llegará a ser un experto en conocer y conversar con la gente.

Cómo se hace una invitación

Cuando ya ha charlado con alguien en varias ocasiones y cree que le gustaría conocerle mejor, ¿qué debe hacer? ¿Surge en su mente el miedo al rechazo? Usted no tiene garantías de aceptación ni de continuar la amistad cuando invita a una persona, pero hay *ciertas* cosas que puede hacer para reducir el riesgo del rechazo.

Cuando conversa con sus nuevos conocidos, haga preguntas que susciten respuestas largas. Entérese de las actividades que les interesan. ¿Tienen algunas en común? ¿Existe ya un grupo o un amigo íntimo con quién las compartan? ¿Puede agrandarse el grupo o ya no? ¿Habla su nuevo conocido de sus muchos amigos?

Las respuestas a esas preguntas le informarán de cuánto tiene en común con esa persona, si el ingreso a su grupo está abierto o es limitado, y si ya tiene la agenda llena de compromisos sociales. Si conoce a una persona muy activa socialmente, que tiene más amistades de las que puede frecuentar, hacerle una invitación podría conducir al "no, gracias". Mejor será que dirija sus energías a otra persona.

Cuando encuentra que alguien estaría dispuesto a iniciar una nueva amistad, comparte algunos de sus intereses y opiniones y tiene tiempo para pasarlo con usted, es que ha llegado el momento de arriesgarse. Use la técnica de los guiones, del capítulo 6, para escribir uno referente a la invitación y practíquelo hasta que se sienta cómodo y relajado. La invitación puede ser general o específica según la situación y el enfoque que quiera darle.

Digamos que usted ha seguido un curso de cinco clases para aprender a jugar al frontón. Durante cinco semanas estuvo hablando con la misma persona en la clase y ahora le gustaría invitarla a jugar al frontón con usted. Usted podría decirle directamente: "Nick, te conozco un poco desde que empezamos las clases y quisiera saber si te gustaría que nos encontráramos pronto para jugar un partido". Y Nick podría contestarle: "¡Sí! Sería divertido. Fijemos el día y la hora". O podría darle una respuesta general, como: "Por supuesto. Seguiremos practicando juntos". Una respuesta general puede interpretarse como un "no" cortés. Usted puede entonces presionar para obtener una respuesta más precisa.

Si recibe buenas ondas de la persona conocida, puede sentirse lo bastante cómodo para hacerle una invitación determinada. Después de un curso destinado a la atención del huerto doméstico, quiere invitar a una compañera. Usted dice: "Rachel, me ha encantado conocerte. Estoy planificando un paseo a un nuevo criadero de semillas el sábado a la tarde y me gustaría que vinieras". La respuesta de Rachel puede ser positiva: "¿El criadero de la carretera 35? Sí, te acompaño. ¿Qué estás planeando en el jardín?" O: "El sábado tengo un compromiso pero, ¿no podríamos ir el domingo? Ese día estoy libre". Y también podrían decirle: "No, gracias".

133

Si obtiene como respuesta un "no" o algo vago que equivale a "no", no desespere. Piense que hay muchos motivos por los que alguien puede no aceptar su invitación. Al terminar un curso, esa persona puede haber tomado la decisión de no dedicarse al tema porque no le ha gustado. Quizá es demasiado tímida y no sabe cómo decirle que le gustaría tener amistad con usted. O simplemente no tiene ganas.

Cuando le contestan "no, gracias", piense si ha apuntado demasiado alto o demasiado bajo: ¿Esperaba demasiado y demasiado pronto? ¿La invitó de una forma negativa? "Es probable que no le interese, pero quisiera..." ¿Cayó en la trampa de exagerar los riesgos (rechazo) y subestimar las recompensas (la aceptación de la invitación)?

Cualquiera sea el caso, gane experiencia y *no* se califique de antipático. Ofrézcase una buena recompensa por haberlo intentado y siga probando. En lugar de caer en la dura autocrítica, piense en el béisbol: cuando un jugador es un bateador de 0,3 significa que le pega a la pelota el treinta por ciento de las veces. Y esa es la forma de pensar en sus esfuerzos. Si logra el 30 por ciento de aceptaciones, está desenvolviéndose muy bien. Así que no deje que las negativas le depriman y siga trabajando para batear bien.

La amistad: Una consideración final

Además de todos los gozos que la amistad trae a nuestra vida, también nos abre nuevos caminos. Los amigos tienen amigos y su red social se agranda cuando los conoce. A veces alguien que es "sólo un amigo" se convierte de repente en un interés amoroso. Y la realidad es que los amigos son los que, por lo general, nos presentan a esa persona especial en nuestra vida.

8
Establecer relaciones amorosas

Al entrar en la década de los noventa, en Norteamérica está experimentándose la llamada escasez de hombres, el SIDA y el final de la revolución sexual. Numerosos libros sobre la interminable batalla entre los sexos nos dicen que hay mujeres que aman demasiado, hombres que odian a las mujeres, mujeres con el "complejo de Cenicienta" y hombres con el "síndrome de Peter Pan". A pesar de todos estos obstáculos en el camino de la pareja, la timidez parece ser la gota de agua que rebalsa el vaso.

No hay nada peor que sentirse con la lengua atada e inadecuada cuando se está con el sexo opuesto. No hay nada tan horrible como la idea de que nunca podrá tener una relación amorosa. Como dijo Pam, una de las participantes de mi estudio: "No creo que la timidez sea agradable cuando una mujer de veintidós años tiene miedo de acercarse al hombre que le gusta". Si usted está solo y no sale con nadie, está recuperándose de una ruptura sentimental, vive una aventura amorosa desgraciada o está solo porque se ha divorciado o enviudado, use este capítulo para juzgar sus perspectivas ante el amor y dése una oportunidad para llegar a tener a su pareja.

LOS HOMBRES, LAS MUJERES Y LA TIMIDEZ

Hace algunos años di una conferencia por radio en Nueva Inglaterra sobre la timidez. Durante el tiempo disponible para las llamadas de los oyentes, una joven me planteó el siguiente problema: "Cuando voy con mis amigas a las discotecas, por las noches, encontramos a los hombres a un lado de la sala. Me pregunto si los hombres quieren sacarnos a bailar pero no lo hacen porque son tímidos. La situación es frustrante. ¿Qué piensa usted?"

Le dije a esa joven que si bien los dos sexos sufren de timidez en aproximadamente la misma proporción, las consecuencias son diferentes para los hombres y las mujeres. Es posible que los hombres de esa discoteca hayan sentido timidez. Y aunque las mujeres, hoy día, se sienten más libres para acercarse a los hombres, todavía suponemos que el hombre es el que debe iniciar la relación; el que debe tomar la iniciativa, el que debe demostrar los primeros signos de interés. Eso requiere un alto grado de aplomo y seguridad, precisamente las condiciones que faltan en los tímidos. En consecuencia, para los hombres muy tímidos, esa tarea da por resultado menos citas que en el caso de las mujeres muy tímidas.

La oyente y sus amigas estaban esperando que los hombres se acercaran a ellas. No tomaron ellas la iniciativa sacando a los hombres a bailar. Hombre o mujer, tímido o no, ser el que inicia la acción significa arriesgarse al rechazo. Prefieren no arriesgarse al rechazo pero pierden la oportunidad de conocer a otras personas y de divertirse.

Superficialmente parecería que la timidez es una carga mucho más pesada para los hombres que para las mujeres cuando quieren establecer relaciones:[1] Al principio a un hombre podría atraerle una mujer tímida creyéndola muy femenina. Pero también una mujer tímida puede ser considerada fría e indiferente. El no advierte los signos de interés que está buscando. Puede renunciar o pensar que la atracción no es mutua. Por consiguiente, la mujer tímida también fracasa cuando desea establecer la conexión amorosa.

Los hombres muy tímidos envidian el papel de la mujer.[2] Ella no tiene que dar el primer paso, ella no se arriesga al rechazo, ella no se arriesga a nada. Parecería que todo es más fácil para las mujeres. Pero pagan un precio. Una mujer debe esperar a que la elijan y puede o no sentirse lo suficientemente libre como para elegir por sí misma.

Tanto los hombres como las mujeres sufren en sus papeles tradicionales. A nadie le gusta ser rechazado, a nadie le gusta estar esperando al margen de la vida que alguien le elija. El miedo al rechazo es muy importante para ambos sexos.

No se trata solamente de unas pocas personas extremadamente tímidas a quienes les resulta difícil acercarse al sexo opuesto. En un estudio realizado en 1978; el psicólogo Hal Arkowitz, de la Universidad de Arizona, y sus colegas encontraron que en un grupo de casi cuatro mil estudiantes el 37 por ciento de los hombres y el 25 por ciento de las mujeres dijeron que se sentían "algo" o "muy" angustiados cuando tenían citas.[3] Hasta las personas que normalmente tienen confianza en sí mismas suelen sentirse un poco alteradas cuando alguien las invita a salir.

Pero la timidez va más allá de sentirse algo o muy angustiado respecto de una cita. Las personas tímidas se citan con menor frecuencia que las que tienen autoconfianza y se desenvuelven bien socialmente. Los tímidos evitan situaciones en las que pueden hallarse personas solas del sexo opuesto y entonces disminuyen muchísimo la cantidad de compañeros en potencia.

Al revés de lo que les ocurre a las personas seguras, los tímidos se mantienen con un lazo muy firme al primer compañero de la salida.[4] Casi por negligencia, se aferran a una relación exclusiva antes de saber si la otra persona les conviene. En lugar de hacer frente al desafío de buscar un compañero nuevo más compatible, el tímido mantendrá una relación exclusiva que suele ser amarga. Cuando una relación desgraciada llega al final los resultados pueden ser devastadores ya que vuelve a levantarse la barrera de la timidez.

También la timidez puede hacer peligrar las buenas relaciones. Por ejemplo, una mujer madura llamada Leslie me contó que se habían trasladado de la pequeña ciudad en la que vivían y se habían criado, ella y su marido, para que él accediera a un mejor empleo en la gran ciudad. Su marido rápidamente hizo nuevas amistades en el trabajo mientras ella, que todavía buscaba trabajo en la ciudad desconocida, extrañaba sus antiguas amistades. Sin el apoyo que tenía anteriormente y envidiando el éxito social de su marido, se sentía preocupada y con motivos, porque su matrimonio podría sufrir si ella no encontraba el modo de superar su timidez.

¿Por qué las personas tímidas fracasan tan miserablemente en el juego de las citas y la pareja? Eso se debe a los mismos obstáculos a los que me he referido en capítulos anteriores. Los tímidos subestiman su nivel de aptitudes sociales con el sexo opuesto. Permiten que el crítico interior se haga cargo de todo, llenando sus mentes con opiniones negativas y pesimistas sobre las oportunidades que tienen para conseguir una cita. Como ya se dan por fracasados, suponen que los miembros del sexo opuesto no les encontrarán atractivos. La gente tímida es despiadada cuando se trata de la autocrítica y la autoevaluación, sobre todo respecto de su conducta al estar a solas con otras personas.

Los ejercicios de los capítulos 2 a 5 están pensados para ayudarle a luchar contra esos obstáculos. Además de los ejercicios hay cosas que usted puede hacer para ayudarse a ganar en el juego de las citas.

137

¿Le gustaría encontrar a alguien con quien poder hablar interminablemente sobre todo y sobre nada? ¿Alguien junto a quien usted pueda acurrucarse por la noche? El mejor amigo, el confidente y el amante, todo en uno? ¿Alguien con quien usted se sienta completamente libre y lo mismo le ocurra a esa persona con usted? Suena perfecto, ¿no?

Vuelva a leer la primera frase del párrafo anterior. La palabra clave es *encontrar*. Su alma gemela no va a llamar una noche a su puerta diciendo: "Hola, siento haber llegado tarde". Para encontrar al compañero se requiere un enfoque práctico. Usted necesita hacer un plan, buscar activamente, arriesgarse al rechazo, e invitar a salir a varias personas hasta que encuentre la adecuada[5].

¿Un "plan? ¿No es eso un poco frío y calculador? ¿No se supone que el amor es algo que nos mueve los pies de repente? ¿No es algo del destino? ¿No se supone que se sufre un poco en la búsqueda del amor? No necesariamente. Todas nuestras nociones sobre el amor romántico (y el no correspondido) proceden de la televisión, el cine, los libros y la música popular. Encontrar el amor en el mundo real requiere esfuerzo y trabajo. Comencemos por definir qué y a quién busca usted.

¿QUE CLASE DE RELACION ESTA BUSCANDO?

Muchas personas pasan por alto esta pregunta y se encuentran en una relación que no les satisface. Terminan heridos y también la otra persona. Usted debe ser terriblemente honesto con usted mismo en este punto porque la clase de relación que desea determinará el tipo de relación con la persona que le atrae.

Suele ser triste vivir solo en un mundo de parejas. Nuestra civilización dice que dos es mejor que uno. "Eres tan buena y atractiva... ¿Por qué no te has casado?" Es una pregunta indiscreta y la respuesta no siempre es simple. Se siente la tentación de tragarse el anzuelo y decir que usted no quiere casarse, que todavía no ha encontrado la persona adecuada. Creo que es mejor ir en busca de lo que usted desea, no en lo que los demás creen que usted debería desear.

¿Qué clase de relación desea? ¿Quiere salir con varias personas? ¿Tener una relación estable? ¿Encontrar a alguien para casarse? ¿Alguien con quien vivir? ¿No quiere ninguna clase de relación? Cuando piense sobre la clase de relación que desea, evite compararse con amigos, familiares y compañeros de trabajo. Descarte la idea de que hay una edad "apropiada" para tener una relación estable o casarse. Lo que otras personas eligen está bien para ellas. Usted tiene que elegir lo que es mejor para sí.

Es posible que usted pueda responder con rapidez a la pregunta sobre la relación. Quizá usted ya sabe si es de los que se casan o no. O puede llevarle semanas o meses saber exactamente qué clase de relación satisface sus necesidades. Cualquiera que sea la respuesta a la que usted llegue es importante que sea sincero con sus compañeros de salidas.

Eso no significa que usted deba decir en la primera salida: "Si no estás interesado en casarte no quiero volver a verte", o empuñar la pistola y preguntar: "¿Cómo crees que terminará esta relación?" o declarar con énfasis: "Yo no creo en una relación comprometida". Normalmente la cuestión del sentido que toma una relación aparece naturalmente a medida que la relación progresa. Si pasa el tiempo y la cuestión no surge, entonces es correcto sacar el tema. Usted no quiere pasar un año entero con alguien, esperando casarse, para descubrir finalmente que la otra persona no tiene intención de casarse ahora o en un futuro cercano. Ni tampoco quiere confundir a su compañero con respecto a sus intenciones. No tiene sentido establecer una relación que no es la que usted desea.

Inicie una "sección amorosa" en su cuaderno de autodesarrollo y cuando haya decidido qué tipo de relación busca, anótelo.

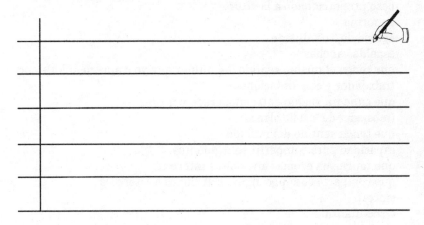

¿CUAL ES SU IDEA DEL COMPAÑERO PERFECTO?

La mayoría de nosotros tiene una idea del compañero perfecto. Y juzgamos a las personas con las que salimos comparándolas con esa imagen, a veces de forma casi inconsciente. Es posible que eliminemos a alguien solamente por su aspecto. O después de haber salido una vez, decidamos: "No, no es el que busco". Nos decimos que no nos sentimos atraídos. Inconscientemente hemos comparado a esta persona con la imagen que tenemos y decidimos que le faltan cualidades importantes. A veces es difícil puntualizar exactamente qué es lo que estamos buscando o lo que nos atrae realmente.

Exprese la imagen con palabras. En el cuaderno escriba una lista de cualidades que tiene su ideal. Hágalo tan rápidamente como pueda, escribiendo sin detenerse a pensar si una cualidad es más importante que otra o si corresponde a la lista. Aquí va un ejemplo preparado por mi amiga Raine.

Mi compañero perfecto

veintisiete – treinta y cinco años
muy atractivo
inteligente
con título académico
1, 75 – 1, 80 metros de altura
peso proporcionado a la altura
en forma
agraciado/coordinado
espaldas anchas
que tenga el mismo sentido del humor que yo o aprecie mi humor
trabajador y con ambiciones
que gane un sueldo entre moderado y medio
trabajador de "cuello blanco"
que tenga sentido del ridículo
capacidad para compartir sentimientos
que tenga sus propias aficiones e intereses
que comparta conmigo algunas aficiones e intereses
sincero
de confianza
que tenga una nariz interesante
entusiasta
compasivo
simpático, sonrisa feliz
rostro expresivo
justo, pero que no esté siempre juzgando a los demás

140

relajado, tranquilo

que tenga capacidad para equilibrar el trabajo, la diversión y el tiempo para la familia (que no sacrifique la relación por avanzar en su carrera)

que le guste el sexo

pelo negro y ojos azules

que se quiera pero que no sea ególatra

leal (que no me avergüence ni me critique en público)

que acepte a mis amigos aunque no le gusten demasiado

que no critique a mi familia a menos que yo lo haga

que me apoye a mí y a mis ambiciones

No es probable que Riane encuentre a alguien que tenga todas las cualidades y características que figuran en la lista. Después de todo, esa es la descripción de un personaje fantástico, no de alguien real. La importancia de escribir las características del ideal es que usted llega a ser consciente de lo que busca en una persona.

Una advertencia: la característica de la timidez es tener expectativas irreales y autosubestimación. La investigación con los hombres tímidos demuestra que tienen una larga historia de soñar despiertos con su mujer de fantasía.[6] Ella es físicamente perfecta, sexual, amorosa y tierna. Tiene el cuerpo de Marilyn Monroe y la ternura maternal de Betty Crocker. La diferencia entre la fantasía y la realidad puede hacer que resulte más fácil vivir en el mundo de los sueños.

Del mismo modo, muchas mujeres viven una vida de fantasías a través de la literatura. Ustedes conocen la inmensa popularidad de las novelas. El héroe es siempre bien plantado, atractivo y un poquito peligroso. Existe en las novelas pero no puede encontrarse en los bares, en el trabajo ni en el apartamento de al lado.[7]

Tome este ejercicio con seriedad pero sea realista. Es más fácil vivir en el mundo de la fantasía con su mujer perfecta o con un hombre perfecto. Pero eso no le va a acercar a una relación satisfactoria real.

La realidad es ésta: tras redactar la lista, piense en todas las cualidades del compañero ideal y numérelas según la importancia que tengan para usted. ¿Qué le importa más que el compañero ideal sea muy atractivo o inteligente? ¿Es más, importante que tenga sentido del humor o que le apoye en su carrera? En otras palabras: como el hombre o la mujer perfectos son sueños imposibles, ¿cómo son la mujer o el hombre aproximadamente perfectos?

¿Eliminaría usted de la lista a un posible compañero porque su edad está un año o dos por encima o por debajo de la de su ideal? Si usted conoce a alguien que es sincero pero no siempre compasivo, ¿lo tacharía de la lista? Si usted siempre pensó en casarse con un hombre de negocios pero conoce a un obrero que se parece a su ideal en las otras característica, ¿lo rechazaría? ¿Le gustaría una mujer que quiera casarse y tener hijos pero seguir adelante con su carrera cuando su ideal es la esposa y madre que se queda en el hogar?

Sólo usted puede decidir qué cualidades son las más importantes. Observando la combinación de cualidades que ocupan los primeros puestos en la lista por sus valores, usted puede darse cuenta de lo selectivo que es. No es malo ser exigente ni tener grandes expectativas pero tiene que darse cuenta de que cuanto más restricciones tenga para aceptar a un compañero, más tardará en encontrar a la persona que le guste.

Si es muy estricta y exige que el compañero tenga casi todas las cualidades de su lista, es posible que esté usando la perfección como excusa para no tener ninguna relación. Debería volver a evaluar la clase de relación que desea. Rechazar a una persona tras otra puede ser una manera indirecta de decirse: "En realidad no quiero que me guste nadie ahora. No estoy preparado para tener relación de ningún tipo".

LAS EXPECTATIVAS REFERENTES A LA RELACION

Además de las expectativas respecto del compañero ideal, también tenemos expectativas sobre la relación. A veces son las expectativas en torno a la relación las que hacen que el romance fracase precisamente cuando creíamos haber encontrado a la persona adecuada.

Cualquiera sea el tipo de relación que usted ha decidido como la correcta para usted, dedique algún tiempo a pensar sobre cómo le gustaría que funcionara la relación. No quiero decir que sus expectativas deban ser grabadas en piedra; ciertamente la flexibilidad y el compromiso son cruciales para la supervivencia de cualquier relación. Pero usted está mejor preparado para puntualizar el funcionamiento cotidiano de la relación si tienen bien claro qué es lo que desea.

Si lo que busca son compañeros ocasionales para salir, ¿con qué frecuencia le gustaría ver a esa persona? ¿Cuánto contacto es demasiado? Si usted busca una relación comprometida ya sea siguiendo juntos o casados, ¿cómo piensa que serían las vidas de ambos? ¿Espera que su amante le visite todas las noches? ¿Espera que esté en su casa cuando usted está en la suya? ¿Es importante para usted disponer de tiempo para usted o para salir con amistades sin su amante? ¿O le gustaría que todo lo hicieran juntos?

Mientras se imagina en una relación pregúntese qué es lo que necesita de ella y qué es más importante para usted. Haga una lista de sus deseos y expectativas. Cuando usted se relacione con alguien podrá discutir las necesidades de la relación con claridad. Por ejemplo: "Me encanta el tiempo que pasamos juntos pero también necesito tiempo para mí, para visitar a mis amistades o para dar un paseo por el campo". Mientras medita sus expectativas pregúntese: "¿Es éste el tipo de relación que mejor satisface mis necesidades? Un ejemplo ilustrativo es el de una amiga mía llamada Cindy, que a la edad de treinta años se sintió sola e incompleta sin esposo. Se casó enseguida pero por desgracia, unos años después, comenzaron el juicio de divorcio. Después de varios meses de vivir sola, me escribió: "Es raro pero me siento mucho menos sola ahora de lo que me sentía cuando estaba casada". Ella suponía que el matrimonio iba a desalojar sus sentimientos de soledad, a llenar un vacío en su vida, pero no fue así. Si algunas de las expectativas para la relación son excesivamente altas o irreales para que una persona pueda cumplirlas, es posible que usted esté pidiendo demasiado.

¿Cómo puede saber si sus expectativas son demasiado exigentes? Haga una descripción resumida de la relación ideal en su cuaderno. Luego lea lo que ha escrito y anote las necesidades que esa relación satisfaría. Ahora piense en sus amistades, sus relaciones con los miembros de la familia: ¿Alguna de esas necesidades se satisface en dichas relaciones? ¿O está pretendiendo que todas sus necesidades las satisfaga una sola persona en una sola relación? ¿Está soñando despierto o es realista?

Cuando piensa seriamente en el tipo de persona que desea conocer, en el tipo de relación que quiere y en la calidad de la relación, está preparado para comenzar la búsqueda.

BUSCANDO LA RELACION AMOROSA

No existe una manera idónea de encontrar un compañero compatible ni una fórmula mágica. Las personas se encuentran en cualquier situación. Por ejemplo, una de mis amigas conoció a su marido en un viaje en ferry; otro amigo conoció a su mujer en un bar; otra conocía a su esposo desde que estaban en la escuela secundaria; otro encontró a su compañera de toda la vida en el trabajo; y uno de mis hermanos conoció a su mujer en una cita a ciegas. El hecho es que hay numerosas maneras de conocer personas disponibles.

Trataré algunas de las formas de conocer a otras personas solas. No se limite en exclusiva a éstas; considere lo que le parezca más interesante para su situación personal y además use la creatividad y la imaginación.

■ *Amistades:* Si usted hace saber a sus amistades qué es lo que está buscando, con seguridad se sentirán muy felices de presentarles a sus amigos solteros. Sabemos que hay algunas personas más aptas naturalmente que otras para contribuir a la formación de parejas. Un amigo puede conseguirle una cita a ciegas y, para su sorpresa, ella es perfecta. O puede terminar sentada en un restaurante preguntándose por qué su amiga pudo pensar alguna vez que le interesaría el hombre que está sentado frente a usted. Comunique a sus amistades lo que usted busca, dígales qué tipo de relación necesita y pídales que si conocen a alguien así se lo presenten. Las amistades son una buena fuente para llegar a conocer a otras personas solas y proporcionan una presentación más personal a los posibles compañeros.

Si usted está diciéndose "yo no tengo amigos así", vuelva al capítulo 7. Las amistades deberían ser la base de nuestra vida social, no un recurso para andar cuando se pretenden relaciones amorosas.

■ *El trabajo:* Como cada vez entran más mujeres a integrar las fuerzas laborales, el lugar de trabajo está volviéndose un buen terreno para las personas solas. Pero se corren peligros. Puede resultar molesto salir con una compañera de trabajo. Otras personas de la oficina pueden ver mal esa relación, sobre todo si uno de los dos tiene una posición más alta en la empresa. Si el romance fracasa, hay que tener en cuenta que verá todos los días a su ex-compañera. Si llegaran a casarse, piense que muchas empresas no permiten que los esposos trabajen juntos.

Pero no elimine el lugar de trabajo como una posibilidad para encontrar a alguien. Solamente tenga en cuenta los obstáculos e inicie cualquier conexión con cautela. Debería demostrar discreción y no anunciar a toda la empresa con quien sale (aunque sus compañeros de trabajo se darán cuenta). Y muchas empresas están empezando a tener una actitud más tolerante con las parejas que se conocen y casan mientras están trabajando.

■ *Las actividades externas:* ¿Recuerda las formas de conocer nuevas amistades en el último capítulo? Son las mismas actividades las que pueden llevarle a conocer a alguien especial. Una clara ventaja de conocer a la gente de esta manera es que no se sufre presiones. Usted está ahí porque le interesa la actividad; no está centrado en conocer al futuro compañero de su vida.

Por ejemplo, una amiga mía llamada Marilyn conoció a su futuro esposo en un paseo en grupo por el parque de la ciudad. El objetivo de Marilyn era gozar de un día de otoño, pero obtuvo mucho más.

■ *Los anuncios personales:* Si bien ha aumentado la popularidad de las columnas de anuncios personales, mucha gente todavía no desea probarlos, pues considera que es arriesgado y representa una pérdida de tiempo. Si usted coloca un anuncio, disminuye el riesgo contestando solamente aquellas cartas con las que se siente cómodo (casi todas las columnas personales proporcionan un apartado de correos para dar respuesta y luego le envían la carta a usted). Cuando contesta a un anuncio, no necesita dar su dirección ni su apellido, solamente su nombre y número de teléfono. Si le preocupa la gente rara, elija una revista de categoría para poner el anuncio o para contestar a uno. Los anuncios son caros en esa clase de publicaciones. Eso ocasiona que aquella gente que no tenga intenciones honestas busque otra manera de conseguir sus emociones.

Cuando ponga un anuncio o conteste a uno, sea sincero. Si tiene hijos, debe decirlo, si es gordo debe mencionarlo. ¿Está perdiendo el pelo? Admítalo. Cualquier cosa que para usted tendría importancia al conocer a alguien, vale la pena que la mencione cuando publica un anuncio o responde a uno. Tanto usted como la otra persona no se desilusionarán si ya saben con qué van a encontrarse.

■ *Los servicios de presentación:* Los servicios con buena reputación proporcionan un cierto número de presentaciones por una suma de dinero. Sepa que esos servicios son caros. Algunas agencias usan cintas de video para que cada uno pueda ver al otro presentándose y decidir si están interesados o no en salir juntos. Otros servicios no usan video ni fotografía, hacen las presentaciones sobre la base de similitud de personalidades e intereses. Si quiere probar un servicio de presentaciones, busque uno que esté funcionando desde hace años. Pregunte a sus amigos si alguna vez han probado alguna de esas agencias y, en caso positivo, cuál fue su experiencia.

■ *Organizaciones de personas solas:* Muchas ciudades grandes tienen organizaciones que proporcionan el lugar para que se conozcan personas solas. Algunas están orientadas hacia una actividad específica como el ciclismo o el baile. Otras organizan salidas con sus socios. Quizá una desventaja sea que aunque usted realice una actividad, se está apuntando para conocer a un compañero de salida; pero no elimine a las organizaciones de personas solas. Vaya a algunas de las salidas que organizan y vea si se siente cómodo.

■ *Los cursos sobre relaciones:* En Norteamérica, la Asociación Cristiana femenina y masculina, las facultades locales, o las escuelas de educación para adultos, suelen ofrecer cursos sobre relaciones. Algunos de ellos son muy específicos —por ejemplo, un taller sobre citas— y algunos están dirigidos a tratar las relaciones en general. Mediante estas clases se conocen otras personas que experimentan las mismas dificultades, se comparten soluciones y se logran consejos prácticos. Lo principal es que usted se dé cuenta de que hay muchas personas solas que desean conocer a otras y que tratan de salir de la trampa de la soledad.

Ensaye dos o tres de las sugerencias al mismo tiempo. Y recuerde: *¡Vaya solo!* Es mucho más difícil conocer a la persona que haya acudido a la cita si usted lleva a un amigo a rastras. Con cuantas más personas usted se ponga en contacto, más citas logrará y antes encontrará al compañero. Salir con alguien desconocido a veces es divertido, a veces es aburrido y otras provoca angustia. Debe saber que hay citas buenas y citas malas y recordarse que usted está buscando activamente y que ése es un duro trabajo.

SU ACTITUD PARA LAS CITAS

Su actitud mental respecto de las citas puede suponer la diferencia entre el éxito y la cama de una plaza. La sabiduría popular dice que cuando usted *no* está buscando un compañero, las cosas comienzan a ocurrir, precisamente porque usted está más relajado. Cada vez que sale resuelto a encontrar a alguien adecuado, casi seguro fracasará y se desilusionará. Una persona ansiosa no atrae a nadie.

Entonces, ¿cómo buscar un compañero para salir sin que parezca que está buscando? Cuando usted sale y se dice: "estoy preparado para conocer a la persona adecuada". Pero no se dice que eso tenga que ocurrir en esa fiesta, en esa reunión del club o en ese curso. Dése todas las oportunidades para conocer posibles candidatos y esté abierto a la posibilidad de que le presenten a su futuro compañero o compañera; pero no se desespere.

Si no debe mostrarse ansioso. ¿debe hacerse el difícil? Elaine Walster y sus colegas quisieron descubrir por qué la mujer difícil atrae tanto a los hombres.[8] Descubrieron que la mujer difícil y selectiva es la que tiene más citas. Si bien una mujer difícil resulta un desafío para los hombres (y también prestigio si logra salir con ella), la mujer corre peligro de parecer demasiado fría y exigente. La mujer fácil supone una cita asegurada, pero los hombres temen que esta clase de mujer se vuelva demasiado dependiente, exigente y seria. La mujer difícil y selectiva combina lo mejor de los dos tipos. No es fácil conseguir una cita con ella pero es selectiva y sale solamente con los hombres que le interesan. Al parecer a los hombres le atraen las mujeres que a otros les cuesta conseguir.

Si bien este estudio investigó solamente el problema de las citas desde el punto de vista masculino, no me sorprendería que los resultados fueran los mismos para las mujeres y el hombre difícil. Hombre o mujer, cada uno de nosotros nos gusta sentir que somos elegidos.

COMO ACERCARSE AL SEXO OPUESTO

Sucede. Usted ve a alguien que le gusta. ¿Qué hace entonces? De repente todos los ejercicios que ha estado practicando para superar la timidez parecen haberle abandonado. Se siente inoportuno, tiene un nudo en el estómago y no se le ocurre nada que decir.

Voy a darle dos consejos para que supere el primer "ataque" de atracción. Primero, deje de mirar a las personas del sexo opuesto como si fueran extraterrestres. Cuando vea a un hombre o a una mujer que le atrae, mírelo como persona. *Mire más allá del género y acérquese a esa persona pensando que es un individuo.* ¿Qué es lo que esta persona piensa, siente? ¿Cómo será su personalidad? Las cualidades que tenemos van más allá del género.

Segundo, ya sea que se trate de amor a primera vista o de un cambio repentino respecto de alguien que hasta ese momento ha sido "solamente un amigo", reconozca que está experimentando una atracción física. Eso no tiene nada de malo. Pero piense: "muy bien, esta persona me atrae físicamente. Veamos si también va a atraerme mentalmente y si esto podría convertirse en un vínculo emocional". En lugar de alterarse por la atracción intensa, ustede debe aproximarse a esa persona tranquilamente con la idea de que sería maravilloso explorar las posibilidades de una relación significativa.

Muy bien. Ya se ha tranquilizado. Y ahora... ¿Qué dice?

Las primeras frases

En el capítulo 5 me he referido al trabajo de Chris Kleinke sobre la proporción de tiempo compartido en la conversación. Kleinke estudió también los tipos de frases iniciales que prefieren los hombres y las mujeres.[9] Logró que más de quinientas personas escribieran la frase de iniciación de la conversación que recordaran en situaciones generales y en otras determinadas. Luego hizo que más de mil personas calificaran cada primera frase según una escala que iba desde "terrible" hasta "excelente".

147

Surgieron entonces tres categorías de primeras frases: atrevidas, directas e inocuas. Kleinke descubrió que ni a hombres ni a mujeres les gustaban las frases atrevidas. Pero observó también que los hombres no se dan cuenta de cuánto disgusta a las mujeres el inicio atrevido de una conversación. Ello resulta una manera agresiva de acercarse a alguien. Y también observó que las mujeres creían que a los hombres les gustaban las frases inocuas más de lo que les gustan en realidad. Aquí van algunos ejemplos de estas categorías:

Atrevidas
— Seguro que te estás preguntando qué hace un tipo tan encantador como yo en un lugar como éste.
— Ese postre no debe ser tan dulce como tú.

Directas
— Como estamos solos, ¿quiere que conversemos?
— Me avergüenza decirlo, pero me gustaría conocerle.

Inocuas
— ¿Te gusta la orquesta?
— Hoy hace buen día, ¿verdad?

El consejo de Kleinke a los hombres: use frases inocuas si no se siente capaz de soportar un rechazo, y use frases directas cuando se sienta seguro. A las mujeres les aconseja que usen más las frases directas. Parecería que cuando una mujer usa una frase inicial inocua, el hombre no está seguro de si ella está expresando interés por él o solamente por iniciar una conversación.

No debe acercarse a alguien que le atrae y decir una frase ingeniosa, sexy ni graciosa. Algo totalmente común sería perfecto. Le conté a un amigo los resultados del estudio de Kleinke con la esperanza de animarlo en sus búsquedas románticas, pero él desconfió. "¿Y qué pasa si uso una de esas frases iniciales que me cuentas, se las digo a una mujer en un bar y ella dice '¡Cállate estúpido!'?". Todo lo que puedo decir es esto: ¿Por qué tendría interés en conocer a alguien con esos modales? Tendría la suerte de enterarse en seguida de como es esa persona. No debe permitir que alguien grosero le impida que usted busque a su compañero.

Cómo hacer una cita

Hay una manera buena y otra mala de pedir una cita a alguien. No se acerque y pregunte: "¿Tiene algún compromiso para el viernes por la noche?" Esta es una forma torpe de pedir una cita y prácticamente exige el rechazo. En lugar de eso piense en una actividad que a su compañero en perspectiva podría agradarle y entonces acérquese a esa persona, explíquele la salida en que está pensando, cuándo le gustaría hacerla y si a ella le gustaría, terminando con la pregunta "¿Te gustaría ir?" Eso no obliga a la otra persona a admitir que no tiene compromisos para el viernes por la noche, y en caso de que los tenga, deja la puerta abierta para otro encuentro. "Lo siento, ya tengo un compromiso para el viernes pero me encantaría ir a bailar contigo el próximo viernes."

Este es un tema perfecto para escribir guiones como aprendimos a hacerlo en el capítulo 6. Ya planifique una invitación a realizar personalmente o por teléfono, escriba el guión para pedir la cita, practíquelo en voz alta y eso aumentará la seguridad cuando llegue el momento.

Otro dato: la primera cita debe ser corta. En lugar de planificar una salida larga, proponga una actividad corta y, durante el día, un almuerzo, o unas copas después del trabajo. Es más probable que la otra persona diga "sí" a la invitación a tomar un café que a una salida nocturna. Una cita corta les da a ambos la oportunidad de conocerse más tranquilamente que durante la tradicional cita del viernes o del sábado por la noche.

Pero cualquiera que sea el medio por el que usted logre una primera cita, haga el esfuerzo de suspender el juicio sobre la otra persona para después de la primera cita. Suele ocurrir que las personas solas tomen decisiones fulminantes sobre los demás; nadie quiere perder un minuto de su tiempo si la persona con quien salió parecería no ser perfecta. Pero es casi imposible conocer a alguien en una primera cita, sea o no un buen candidato para una relación. A menos que la salida le haya desilusionado profundamente, le sugiero que por lo menos concerte una segunda cita en la que los dos estén más relajados.

¿De qué se habla en la primera cita?

Si su primera cita es con alguien especial, ¿qué va a decirle? ¿Estarán los dos en un incómodo silencio? ¿Qué pasa si ese mediodía o noche resulta un desastre porque usted no pudo mantener su parte de la conversación?

Repase los datos sobre habilidades sociales que tratamos en el capítulo 5. Recuerde que debe revelarse para que la persona con quien ha salido le conozca mejor y no deje que las preocupaciones por lo que va a decir le impidan hacerlo cuando le llegue el turno de hablar. Use la forma activa para escuchar y las técnicas para responder y piense que usted está hablando con una persona, no con un miembro del "misterioso" sexo opuesto.

La nueva investigación de Mark Leary, un psicólogo de la Universidad de Wake Forest, proporciona una clave para la primera cita y técnicas para la conversación.[10] Leary dió instrucciones a un grupo de personas tímidas para que en el primer encuentro conversaran con un desconocido: averigüe todo lo que pueda sobre la otra persona. No solamente los participantes tímidos se sintieron mejor con la interacción sino también sus compañeros de conversación.

Póngase en la piel de la persona que ha citado y piense en algunos temas posibles de conversación antes del encuentro. ¿Qué es lo que le gusta hacer a ella en su tiempo libre? ¿Cuál es el mejor aspecto del trabajo de él? ¿Qué asuntos sociales le preocupan más? ¿Qué le gustaría que la persona con quien sale supiera de usted? Enfoque la conversación como una exploración. Hable de las cosas que usted trata con sus amigos.

Las citas parecen más difíciles que otras situaciones sociales. Cada encuentro social tiene la posibilidad del rechazo, pero el rechazo por parte del miembro del sexo opuesto es más doloroso. El haber sido rechazado en una segunda cita casi equivale a ser juzgado como inadecuado, como compañero no precisamente deseable. Cuando una cita no funciona, igualmente ha sido una experiencia y... ¡siga tratando de salir con alguien! Probablemente tendrá que salir con muchas personas hasta que encuentre alguien compatible con usted, así que no se sienta desalentado.

LA TIMIDEZ Y EL SEXO

Parece como si las inhibiciones sociales de todos los días se extendieran hasta el dormitorio de algunos tímidos. En mi investigación he encontrado personas tímidas con tendencia a sufrir más angustia y culpa sexual que las no tímidas.[11] A menudo el placer sexual les parece inalcanzable. Para el sexo se necesita un nivel de intimidad que expone más que nuestros cuerpos: se exponen nuestros sentimientos y pasiones más fuertes haciéndonos totalmente vulnerables por otro ser humano.

Si bien los tímidos salen tan bien parados como las personas que tienen seguridad, los tímidos creen que saben menos. Como el sexo tiene un fuerte componente de desenvoltura, Mark Leary y su colega Sharon Dobbins atribuyen la baja calificación que se da la gente tímida a las dudas que tienen sobre los conocimientos en la cama.[12] Sin embargo, podría ocurrir que los tímidos subestimasen sus habilidades sexuales así como subestiman sus habilidades sociales.

Conseguir una relación sexual más placentera puede mitigar parcialmente la angustia de los que son sexualmente tímidos. Por consiguiente, lo más importante es que si usted no sabe cómo protegerse del embarazo, de las enfermedades venéreas y el SIDA, pida hora a su médico. Cuando tenga confianza en el método de control de la natalidad que utiliza y se asegure de haber tomado todas las precauciones necesarias contra las enfermedades se sentirá más cómoda con su compañero.

Si a usted le gusta apagar la luz cuando está haciendo el amor, pero a su compañero le gusta verla, recuerde del capítulo 3 que las personas tímidas se subestiman en sus atractivos físicos. Es probable que usted lo haga. Recuerde que muy pocas personas tienen el aspecto de un póster del *Playboy* o *Playgirl*. Si se siente incómodo con su cuerpo y no ha hecho el ejercicio ante el espejo del capítulo 3, ha llegado el momento de hacerlo. Usted ha vivido años sintiéndose inseguro de su cuerpo así que sea constante con el ejercicio del espejo. Un simple vistazo no va a curarle una vida de inseguridad. Permita que el espejo se convierta en su amigo, llegue a sentirse cómodo cuando se mira y con el tiempo no sentirá tanta vergüenza de su cuerpo frente a la persona del sexo opuesto.

No tenga prisa con el nuevo romance. No se acueste con el nuevo amante hasta que se sienta muy cómoda y le tenga confianza. Hable de temas sexuales: embarazo, enfermedades venéreas y SIDA. Decidan juntos los métodos de protección antes de meterse en la cama. No atenta contra la relación amorosa hablar de estas cosas antes de hacer el amor con alguien. Hable francamente sobre los asuntos de salud sexual, pues eso indica cariño y preocupación por la otra persona.

Dedíquense a ser amigos primero y amantes después. Los estudios realizados sobre la duración del matrimonio, nos indican que las parejas más felizmente casadas son aquellas cuyos miembros son realmente amigos.

LA ULTIMA PALABRA SOBRE LA BUSQUEDA DEL AMOR

Podría parecer que superar la timidez y encontrar el amor exigen un gran esfuerzo. Sin embargo los obstáculos producidos por la timidez son reales. La investigación revela que los tímidos, hombres y mujeres, suelen casarse tarde en la vida o no casarse.[13] Si usted no hace nada para cambiar su situación, permite que la suerte no le sea propicia. Sin embargo, el tiempo y la energía que usted dedique a superar la timidez pueden suponerle importantes dividendos.

¿No prefiere hacer el gran esfuerzo, antes que a mirar hacia atrás y ver una vida con pesares? "Si sólo le hubiera sonreído... Si le hubiera dicho algo... Si hubiera ido a aquella fiesta... Si hubiera contratado un servicio de citas... Si hubiera ido a aquella cita a ciegas..."

En realidad, nadie garantiza que podamos encontrar el amor en nuestra vida. Pero déle la oportunidad y goce conociendo personas en el camino, aun cuando no elija a ninguna en especial. Y siga pensando positivamente sobre usted y el próximo encuentro. Nunca se sabe, quizá sea con *el esperado*.

9
Las recompensas de una carrera

Por increíble que parezca, Lee Iacocca, el dinámico director de Chrysler, fue un joven tímido.[1] Como necesitaba tener más confianza en sí mismo, se inscribió en los seminarios de Dale Carnegie y cambió su vida. Iacocca describe la superación de su timidez como un paso crucial en su carrera.

¿Qué le hubiera ocurrido a Iacocca si no hubiera derrotado la timidez? Quizá hubiera llegado a ser un ejecutivo de la industria del automóvil. Pero, ¿podría haber cambiado la suerte de Chrysler en la época de la enorme crisis de la industria del automóvil? ¿Podría haber convencido al resto de los directivos de no renunciar a la esperanza o persuadido a los sindicatos de que restringieran sus exigencias si no hubiesen podido tratar con seguridad a la gente? Lo dudo.

Desde luego que no todos pueden llegar a ser Lee Iacocca. Y si bien las clases de Dale Carnegie le sirvieron, eso no significa que sirvan a todos los tímidos. Pero el ejemplo de Iacocca demuestra que con constancia y esfuerzo puede superarse la timidez. No es inevitable que la timidez se interponga en su carrera.

COMO LA TIMIDEZ PERJUDICA EL TRABAJO

Un empleo debajo de los méritos de la persona —bajo sueldo y que requiere menos capacidad o especialización de la que usted posee— las inestables relaciones laborales y el ascenso lento son las características de las carreras de los tímidos.[2] Hace unos dos años, después de una conferencia que di en una de las compañías de alta tecnología emplazadas en la zona de Boston, Desmond, un ingeniero de treinta y dos años, me contó que la timidez había arruinado sus oportunidades para prosperar en la empresa.

"Yo estaba en la lista de ascensos pero no lo conseguí. El jefe me dijo que yo no era lo suficientemente abierto para ese puesto y que no tenía facilidad para comunicarme". También tras esa misma conferencia, Melisa, una universitaria recién licenciada, me confesó que estaba preocupada pensando que quizá nunca tendría una carrera: "Después de licenciarme me resultó difícil encontrar trabajo porque yo tenía miedo; miedo de llamar a los empresarios, miedo de las entrevistas. La timidez me impedía salir a buscar un buen trabajo. Ahora estoy empleada y tengo un puesto para el cual me sobran calificaciones".

Los estudios demuestran que los estudiantes universitarios tímidos no utilizan los centros profesionales del campus, las oportunidades para trabajar ni los consejos académicos.[3]

Hasta los profesionales con mucha experiencia sufren en la vida cotidiana laboral. Linette, una física participante en un programa de radiología, dice: "Mi autoconciencia y la falta de habilidades sociales resultan debilitantes. Los otros residentes con los que trabajo deben creer que soy una idiota".

La timidez perjudica las carreras desde el principio. Demasiado tímidas para acercarse a personas que podrían guiarlas en el proceso de búsqueda de trabajo, las personas tímidas no aprovechan los recursos disponibles.

Al dudar de su valor, los tímidos suelen presentarse a trabajos que están por debajo de su nivel.[4] Después de todo, piensan, ¿cómo van a rechazarme para un empleo que podría realizar con los ojos cerrados? Como se aterrorizan ante los entrevistadores, suelen aceptar el primer trabajo que les ofrezcan, lo deseen o no. Aceptan la primera oferta porque prefieren eso a otra ronda de llamadas telefónicas, llenado de formularios, entrevistas y... la posibilidad del rechazo.

Aunque el primer empleo no les guste, los tímidos se resisten a cambiar de trabajo; sin embargo, esta táctica la ha empleado gente de mucho éxito para trepar por la escala en las empresas. Una vez que están empleados, los tímidos suelen actuar de forma pasiva, sin tomar iniciativas ni usar su capacidad para destacarse. La capacidad de relacionarse ha sido siempre el mejor camino para conseguir un buen empleo y para avanzar en la carrera. La capacidad de relacionarse consiste en contactar con las personas influyentes en el campo que usted ha elegido. Pero para la mayoría de los tímidos, la capacidad de relacionarse es un sueño imposible.

Finalmente, las personas tímidas se autolimitan de las carreras en las que se ganan buenos sueldos. Casi todas las carreras lucrativas requieren capacidad de comunicación, una personalidad segura y un sentido astuto de la política de la empresa. Los tímidos eligen carreras que no exijan mucha comunicación y terminan en empleos que no les recompensan ni por su situación ni por su dinero.

Los psicólogos sostienen que la buena salud psicológica está hecha de amor, amistad y trabajo. Como vimos en los capítulos sobre la amistad y el amor, la timidez puede impedir el desarrollo del compañerismo y el amor. En la carrera también la timidez crea problemas. El psicólogo Robert Hansson, de la Universidad de Tulsa, descubrió que los trabajadores tímidos despedidos de sus empleos tardan más tiempo en empezar a buscar otro trabajo.[5] Hansson también observó que cuanto más tímido es el trabajador, menos prestigioso es el último empleo que tuvo.

¿Evita usted tomar decisiones respecto de la carrera? ¿Evita pedir consejo y ayuda a otros? ¿Detesta buscar trabajos? ¿Tiene un empleo en lugar de una carrera? Si estas preguntas le impresionan, preste atención: voy a sugerir una forma enteramente nueva de hacerse cargo de su vida profesional.

¿QUE PARTE DE SU VIDA OCUPA LA CARRERA?

Pienso que hay una diferencia importante entre un empleo y una carrera. Un empleo no es una carrera: es sólo algo que produce el cheque mensual. Una carrera tiene un objetivo, un nivel que usted desea alcanzar en el campo que ha elegido. Si le interesa su carrera, se mantendrá al día de los nuevos desarrollos en su campo, superándose tanto en lo personal como en lo profesional. Un empleo puede convertirse en una carrera si usted no lo cambia por otro. Antes de darse cuenta, termina haciendo lo mismo durante todos sus años de trabajo. Eso no tiene nada de malo si a usted le gusta su trabajo y se siente satisfecho con lo que hace.

¿Tiene usted un empleo o una carrera? ¿Qué es lo que quiere? ¿Considera el empleo como el medio necesario para un fin, para ganar dinero y poder solventar las necesidades de la vida y sus aficiones e intereses? ¿O es una de las mayores fuentes de satisfacción y sentido en su vida? Solamente usted puede decidir qué es lo que desea. Tanto si elige un empleo como una carrera, su trabajo debería darle estabilidad, una fuente de identidad (soy enfermera; trabajo en estadística; soy obrero de la construcción), y un ámbito social a compartir con sus compañeros de trabajo.

Use el cuaderno de autodesarrollo para escribir algunas de sus ideas sobre empleos *versus* carreras, tómese un tiempo para hacerlo. Piénselo cuidadosamente, converse sobre el tema con sus amigos. Veamos cuál es la decisión que usted toma.

Si ha decidido que el trabajo es el medio para su fin, entonces encuentre un empleo que sea razonablemente satisfactorio y le pague lo suficiente para lograr sus propósitos. Algunos prefieren este enfoque. Recuerdo cuando trabajé en un proyecto de construcción a fin de ahorrar dinero para pagar la facultad. Uno de mis compañeros de trabajo era un joven llamado Hank, muy inteligente. Un día, mientras estábamos tomando café con pastas, le pregunté por qué no estaba trabajando en el campo para el que se había preparado en la universidad. Hank explicó: "Tuve un trabajo relacionado con mi profesión, pero no me pagaban bien y no me dejaba tiempo para otras actividades. Ahora trabajo aquí, construyendo casas, por un buen sueldo. Empleo mi tiempo libre para seguir con mis intereses de la facultad como afición, en lugar de haberlos convertido en una carrera".

Pero si, a diferencia de Hank, usted tiene una carrera que le interese, necesita un plan para lograrlo. El paso primero y más importante es saber qué es lo que quiere hacer.

CARNICERO, PANADERO, FABRICANTE DE VELAS...

Algunas personas con suerte saben lo que quieren hacer desde temprana edad. Para ellas el camino es claro y eligen carreras para las que tienen vocación. Les gusta lo que hacen y son felices en el trabajo. Pero la mayoría de nosotros lucha para encontrar un trabajo que le dé la sensación de competencia y lo sienta como un desafío.

El obstáculo más importante para elegir una carrera creo que es la idea de que usted tiene que tomar la decisión. A menos que considere una carrera que requiera un título universitario, que signifique grandes gastos y mucho tiempo, tranquilícese. La estadística dice que usted cambiará de carrera por lo menos una vez en su vida laboral, y más veces dentro del mismo campo. Lo mejor que puede hacer es pensar qué es lo que quiere hacer ahora y tener presente que no se trata de un compromiso para toda la vida.

Siempre puede cambiar de empleo: dentro de cinco, diez o quince años. Fíjese en la gente que ha iniciado carreras nuevas después de jubilarse; además, con las fusiones de empresas, la nueva tecnología y las parejas en que los cónyuges tienen carreras diferentes, usted puede encontrarse cambiando de empleo involuntariamente o acomodándose al cónyuge.

Empecemos ahora. Le daré la forma como quiero que usted empiece a pensar sobre su carrera.

■ *Describa el empleo soñado:* ésta es una manera divertida que le ayudará a centrarse en sus intereses y capacidades. Le sorprenderá todo lo que aprenderá de sí mismo. Quizá no pueda encontrar un trabajo que incluya todo lo que ha escrito en la lista pero tendrá una idea mejor de lo que quiere encontrar, y estableciendo prioridades en la lista, sabrá con claridad qué es lo más importante para usted. En su cuaderno de auto-desarrollo, escriba todo lo que piense sobre el trabajo soñado. No se preocupe de si el empleo requiere un título específico ni de si usted tiene el nivel de instrucción necesario. Deje que el lápiz vuele sobre el papel anotando las características de su trabajo ideal. Por ejemplo, esto es lo que escribió mi amiga Gwen sobre el trabajo soñado:

Que pertenezca al campo de la educación, no de la producción.
40-50 horas semanales.
Seguridad social y jubilación.
Algún viaje de vez en cuando sería divertido.
Quisiera trabajar sola la mayor parte del tiempo, pero también con o-tros.
Puesto de gerente.
30.000 a 40. 000 dólares anuales.
Período razonable de vacaciones.
Que ocupe el veinte por ciento del tiempo en tareas de redacción.
Oportunidades de promoción.

Desafíos: oportunidades para aprender más.
Que se permita la creatividad.
Tareas variadas.
Algún trabajo en común con otros departamentos.
Tareas aplicadas a resolver problemas.
Que se reconozca y aprecie el trabajo bien realizado.
Que el trabajo, directa o indirectamente, ayude a otros.

■ *Hable con otras personas:* si *usted* no puede decidir sobre su carrera, la gente que está cerca de usted puede proporcionarle una valiosa retroalimentación. Pregunte a sus amistades, familiares y compañeros de trabajo: "¿En qué empleo cree que podría desenvolverme bien? ¿Qué clase de carrera les parece apta para mí?" A veces otras personas, sobre todo los compañeros de trabajo, conocen mejor sus cualidades que usted mismo. A usted puede parecerle natural o no darse cuenta de que tiene alguna capacidad especial. Sus amistades podrían incluso sugerirle una carrera que nunca ha pensado. Aun cuando ninguna de las ideas de sus amigos le agraden, sin duda descubrirá cosas sobre usted mismo.

■ *Pruebe el asesoramiento vocacional:* si ha tropezado con los dos últimos escalones, tenga en cuenta que existe el asesoramiento vocacional. Si usted ha empezado a tener alguna idea de lo que quiere pero aún no se ha decidido, busque la ayuda de un asesor vocacional. El trabajo que ha hecho —pensar sobre las características que debería tener el empleo ideal y hablar de ello con sus amistades y con compañeros de trabajo— no se ha desperdiciado; le ayudará a aprovechar mejor lo que le diga el consejero.

Los consejeros vocacionales, los que ejercen particularmente o están empleados en las universidades, en los programas de asesoramiento, usan papel y lápiz para anotar los rasgos de su personalidad y poder aconsejarle cuál es la carrera apropiada para usted según su capacidad y sus intereses. Un buen asesor vocacional también hablará con usted sobre el campo que a usted le interesa y los consejeros excepcionales le ayudarán a conocer personas que puedan ayudarle. Los asesores vocacionales privados cuestan dinero, pero pueden salvarle de años de frustración y de angustia al capacitarle para la búsqueda del empleo que le conviene.

■ *Utilice los centros de trabajo:* casi todas las facultades tienen centros de trabajo en sus campus. Aunque muchas permiten su acceso solamente a estudiantes, usted puede seguir usando la biblioteca de la facultad. Allí existe literatura sobre las distintas especialidades que es probable que no encuentre en la biblioteca pública. Si todavía está cursando o sigue algún curso nocturno en la facultad, use ese recurso. Si se ha licenciado en una facultad, aproveche también la existencia de esos centros.

■ *Lea libros sobre su vocación:* si no tiene dinero para pagar un asesor o no dispone de un buen centro de trabajo en la facultad, diríjase a la biblioteca pública y a las librerías. Hay muchos libros disponibles que le ayudarán a escribir informes, a pulir las técnicas en las entrevistas, y le ayudarán a decidir qué es lo que quiere hacer.

* * *

Plantéese objetivos realistas al respecto de su carrera. Usted no quiere subestimarse ni apuntar a una carrera que pudiera resultarle inalcanzable. Si usted es muy tímido, un empleo en relaciones públicas no sería un objetivo realista. Sin embargo, si su felicidad depende de trabajar en el campo de las comunicaciones, entonces deberá entender que tendrá que trabajar muchísimo para superar su timidez.

PLANIFICANDO LOS PASOS DE LA CARRERA

Use el cuaderno de autodesarrollo para escribir sus planes con todo detalle. Si todavía no sabe a qué carrera le gustaría dedicarse, comience por anotar los pasos que dará para llegar a saberlo, usando las sugerencias que le he dado. Cuando usted ya sepa cuál es el camino que quiere seguir, escriba qué es lo que necesita hacer para recorrerlo. ¿Necesita más instrucción, más experiencia profesional? Si es así, ¿dónde va a lograrla? Podría tener que informarse en las facultades y universidades si ofrecen programas que satisfagan sus necesidades de educación. ¿A qué nivel quiere llegar en su carrera? ¿Con quién puede hablar para conocer el trabajo que ha elegido?

159

Relaciones con personas del campo que le interesa: El paso siguiente debe consistir en buscar personas que trabajen en el campo que a usted le interesa. Relaciónese con tanta gente como pueda que esté trabajando en el área de su preferencia y comience las entrevistas para lograr información. Cuando usted pide información a alguien, no hace más que eso. Usted no está pidiendo un trabajo. Use el tiempo de la entrevista para averiguar todo lo que pueda sobre el campo que le interesa, preguntando a la gente que está trabajando en él.

Una conocida mía llamada Jamie se licenció en la facultad hace unos años y ha estado trabajando como secretaria. Ahora está pensando en volver a la facultad para obtener un título más alto en la administración pública. Como se dio cuenta de que sabía muy poco sobre lo que se hace en realidad en la administración pública y no conociendo a nadie que fuera administrador público, Jamie preguntó a sus padres, amigos y compañeros de trabajo si conocían personas en ese campo. Así consiguió dos nombres. Luego hizo la misma averiguación en la escuela de administración pública de la universidad local. De esa manera logró tener los nombres de tres profesionales que accedieron a hablar con ella sobre su carrera.

Jamie concertó citas con tres de las cinco personas de su lista de relaciones que trabajan en el campo de su elección. Las llamó, se presentó, les explicó cómo había obtenido sus nombres y les preguntó si le concederían media hora para hablar sobre las carreras. Todos accedieron. Antes de cada entrevista, Jamie hizo una lista de preguntas que consultó con frecuencia durante las entrevistas. Algunas de las preguntas eran: ¿Qué hace usted exactamente como administrador público? ¿Qué aspecto del trabajo le gusta más? ¿Y cuál menos? ¿Le parece que el programa para graduados capacita para trabajar? Si tuviera que empezar de nuevo, ¿haría algo de forma diferente para prepararse en esta carrera?

Las tres personas compartieron sus experiencias y opiniones con alegría. Jamie logró información valiosa y también mejoró su seguridad. (Nota: Jamie podría haber descubierto en esas entrevistas que *no* le agradaban los requerimientos para acceder a un empleo de administrador público; esta información, igualmente valiosa, evita malos ratos y el desperdicio de tiempo y dinero en una carrera equivocada.)

Jamie también aprovechó la asociación profesional de la carrera que le interesaba. Se inscribió en la asociación local para aumentar el número de personas de su conocimiento que trabajaban en el campo elegido. Conoció gente que había trabajado en la administración pública, aprendió más de la profesión y se mantuvo al día con los últimos adelantos en el campo. Dos de sus mejores referencias para conseguir trabajo las obtuvo en las reuniones de la asociación. Todas las iniciativas de Jamie le ayudaron a comprender mejor el campo elegido. Si las mismas iniciativas se ponen en práctica cuando se está trabajando, resultarán de gran ayuda.

Las becas: Obtener una beca en un campo de difícil acceso es la mejor forma de poner el pie en la puerta. Hasta por una paga mínima, o sin ella, las becas le ayudarán a conseguir experiencia y a aprender más sobre las cosas cotidianas de una determinada carrera. Usted puede descubrir que le encanta cada minuto del trabajo, o puede llegar a decidir que preferiría yacer sobre brasas antes que seguir en ese empleo.

Elabore un plan, paso a paso, para proseguir la carrera. Establezca objetivos. Por ejemplo: "Visitaré dos universidades por mes para conocer más sobre sus programas". "Me presentaré a una persona por semana (o por mes) que esté trabajando en el campo que me interesa." "Hablaré con una persona distinta en cada reunión de mi organización profesional." "Pasaré un sábado de cada dos en la biblioteca investigando las empresas a las que podría presentarme para pedir trabajo." Y entonces... *¡Hágalo!*

APROVECHE AL MAXIMO LA SITUACION ACTUAL

Si usted tiene un empleo para el que le sobran calificaciones, no se entregue a la insatisfacción sino a actividades significativas. Puede sacar el mejor partido de su empleo actual si practica nuevas habilidades y comportamientos. Use los datos sobre habilidades sociales y los ejercicios descriptos en el capítulo 5 para llegar a conocer mejor a sus encargados. Sienta un auténtico interés por ellos y, entonces, es probable que ellos se interesen por usted. Pronto descubrirá que su empleo actual es mejor de lo que pensaba. Si en su empresa se presentan nuevas oportunidades, preséntese para las que está calificado e interesado. Hable con la persona que realizará las entrevistas o con subordinados. Dígale que usted está pensando en presentarse para el empleo y descubra qué clase de persona están buscando y cuáles son las tareas a realizar. Ponga sus esperanzas en conseguir el empleo, pero use la oportunidad para practicar la manera de relacionarse y de comportarse en la entrevista. Por más que le aterroricen las entrevistas, cuantas más le hagan, mejor se comportará (en seguida diré más sobre las entrevistas). Equipado con la información que ha conseguido en sus relaciones, vaya a la entrevista con confianza. De todos modos es sólo para practicar. No importa que consiga o no el trabajo: el objetivo es mejorar su técnica durante las entrevistas.

Pero practicar para obtener un trabajo mejor no es lo único que puede hacer en su situación actual. Mire a su alrededor en la oficina y pregúntese en qué aspecto podría tomar alguna iniciativa. ¿Qué podría mejorar el innovar? Use el empleo actual para ganar experiencia y seguridad al sugerirle ideas nuevas al jefe. La gente que no se estanca en el trabajo es porque usa la creatividad, la imaginación y la iniciativa. Cuando el jefe vea que usted coge el toro por los cuernos e introduce algunas mejoras, comenzará a pensar: "Esta persona puede contribuir con muchas cosas a nuestra empresa. ¿Dónde podríamos utilizar mejor su capacidad y dónde podría aplicar mejor su creatividad e ingenio?

LA ENTREVISTA PARA CONSEGUIR EMPLEO

Los tímidos detestan estas entrevistas. La baja autoestima hace que se comporten pobremente cuando les entrevistan. Es terriblemente difícil convencer a alguien de que usted es un gran empleado si usted mismo no lo cree. Los tímidos quedan atrapados en el círculo vicioso de la subestimación, la devaluación de su capacidad, y el conformarse con demasiado poco en el trabajo. Los tímidos se comparan con sus compañeros de trabajo, suelen creer que a los otros les va mejor que a ellos.

La trampa de la subestimación es tan poderosa, que hace que las personas tímidas se resistan a aprender las técnicas apropiadas para obtener seguridad en las entrevistas. Piensan que el aplomo trae como resultado la desaprobación del eventual contratista. Por el contrario, la investigación indica que, el que se expresa con seguridad en una entrevista para conseguir trabajo, impresiona positivamente.

Los ejecutivos del departamento de personal luchan por imaginar a los candidatos tímidos como empleados exitosos y felices ya que su autosubestimación en cuanto a la capacidad para proyectarse como personas entusiastas y capaces, crea la impresión de que son menos competentes, menos apropiados para un empleo y necesitan más preparación que los aspirantes que se presentan con seguridad. Además, los entrevistadores suponen, a menudo correctamente, que los tímidos tienen dificultades para establecer relaciones armoniosas con sus compañeros de trabajo. Es por eso que usted debe trabajar en todos los aspectos de su timidez para hacer más satisfactoria su vida laboral.

Las entrevistas atacan los nervios. Recuerdo mis entrevistas para ser admitido en las facultades que había seleccionado, como una escuela avanzada de la Costa Este. Arruiné mi oportunidad. Ni pensé en lo que el entrevistador podría estar buscando: un estudiante capaz y entusiasta sería el mejor partido para la facultad. Me pasé el tiempo preocupándome, pensando si tendrían en cuenta mi bajo promedio en matemáticas y manifesté preocupación por las exigencias del lenguaje en esa escuela. No me aceptaron. No había ido a la entrevista con una actitud positiva. Finalmente tuve éxito y me admitieron en una facultad excelente en la Costa Oeste.

Las entrevistas no son el juicio final. Gran parte de la angustia que el tímido siente en las entrevistas de trabajo es producto de la idea de estar siendo evaluado, aunque eso es cierto: hay que darse cuenta de que son dos los que juegan ese partido. ¿Por qué no juzga usted a su eventual empleador? Cuando el está sopesando sus aptitudes, su personalidad, pensando si sirve o no para el trabajo, usted puede preguntarse lo siguiente: "¿Es éste un empleo en que sentiré satisfacción y en el que podré contribuir con algo?" "¿Me gustará trabajar con este jefe?" "¿Este trabajo será para mi un desafío y un estímulo?": una entrevista de trabajo debería ser una evaluación *mutua*.

Otra táctica para levantar la confianza en sí mismo. Pónganse en el pellejo del entrevistador. Si usted estuviera conociendo aspirantes para el trabajo, ¿qué cualidades y aptitudes estaría buscando? Mentalmente usted puede entrevistar al entrevistador y presentarse de forma favorable. Por ejemplo, usted podría preguntar al entrevistador: "¿Qué aptitudes especiales exige este trabajo?" El entrevistador responde: "Estamos buscando a alguien que pueda cumplir con las exigencias de una oficina con mucho trabajo y establecer prioridades entre varios proyectos". Usted dice que conoce el tema y apoya lo dicho relatando su experiencia: "Cuando trabajaba para la compañía ABC, teníamos algunos proyectos a muy corto plazo y otros para los que teníamos bastante tiempo. Mi tarea era delegar los proyectos a las personas del equipo y asegurarme de que los trabajos urgentes se terminaran a tiempo y de que los previstos a largo plazo no se perdieran en la agitación de los proyectos urgentes".

Su actitud en la entrevista es crucial. El psicólogo Richard Heimberg y sus colegas de la Universidad del Estado de Nueva York en Albany llevaron a cabo una encuesta de consejeros vocacionales y hallaron que gran número de sus clientes tienen por costumbre generar declaraciones negativas sobre sí mismos cuando piensan en una futura entrevista.[7] Por ejemplo:

- Me siento menos calificado cuando pienso en los otros aspirantes.
- Cuando hablo parece que no sé lo que estoy diciendo.
- Olvido las preguntas que quiero hacer.
- Me quedo helado por la presión.
- Seré incapaz de contestar una pregunta importante.

¿Recuerda los ejercicios del capítulo 4 sobre las declaraciones sobre uno mismo? Este es otro campo en el que pueden aplicarse los mismos principios. En lugar de ser pesimista y negativo respecto de una entrevista de trabajo, use formulaciones positivas a fin de prepararse mentalmente para la entrevista; y al mismo tiempo ir aumentando su autoestima. Algunas de las formulaciones positivas de Heimberg son:

- Espero caer simpática al entrevistador.
- Este lugar necesita alguien como yo.
- Cuando me vaya sentiré que he hecho lo mejor posible.
- Este trabajo me daría una buena oportunidad para avanzar.
- Este trabajo me parece interesante y me entusiasma.

El mejor lugar para preparar la entrevista de trabajo es su casa. Pídale a un amigo de confianza o a un familiar que haga el papel de entrevistador. Juntos piensen en todas las preguntas difíciles a las que usted teme y haga que la persona que le ayuda interprete el papel de un entrevistador que hace preguntas serias. Practique la entrevista durante unos diez minutos; es preferible que las sesiones de práctica se realicen durante un día o dos. Usted llegará a la entrevista sintiéndose mejor preparado y habrá practicado las respuestas a las preguntas que le hará el entrevistador. Durante la entrevista, usted aprovechará su experiencia en la interpretación de papeles para presentarse como el mejor candidato.

Una forma de tranquilizarse antes de las entrevistas es practicar los ejercicios de relajación y de visualización que se describieron en el capítulo 2. Si usted no es una persona tímida cuya timidez se ha desarrollado tempranamente y ha pasado por alto ese capítulo, vuelva a él y aprenda un método y las técnicas de relajación. Aplíquese las técnicas: visualícese respondiendo a las preguntas del entrevistador con calma y seguridad y presentándose como un empleado entusiasta y competente.

Y para terminar, recuerde las reglas del juego. Vístase profesionalmente; muchos expertos en la cuestión de conseguir trabajo aconsejan no solamente vestirse para la entrevista sino como si usted estuviera esperando un trabajo de más alto nivel, ¡el que le gustaría tener cuando le asciendan!

Controle que su aspecto personal sea prolijo y limpio y, por supuesto, tenga a mano una copia exacta y actualizada de su currículum.

El presentarse para un trabajo y la entrevista es un juego. Por poco que le guste la idea, así son las cosas. No proteste contra el sistema: aprenda a usarlo. Tenga presente la idea que subyace de los guiones en el capítulo 6. Adopte el papel de una persona competente y segura que busca trabajo.

Los empresarios desean encontrar el candidato más apto, mejor calificado, y por la menor cantidad de dinero posible. La búsqueda de trabajo es un proceso de encuentro entre usted y el empleo apropiado; para ello debe convencer al empresario de que usted es la persona adecuada y, entonces, negociar su salario.

CUESTIONES DE DINERO: COMO NEGOCIAR EL SALARIO Y PEDIR AUMENTO

Este campo nos aterra a la mayoría, a los tímidos y no tímidos por igual. Es normal que los eventuales contratistas le pregunten qué sueldo pide usted. Si usted sugiere un sueldo demasiado alto, puede que no le ofrezcan el trabajo. Si pide demasiado poco, el empleador puede creer que usted no es lo suficientemente astuto y descalificarlo por eso. Si el salario que usted sugiere está al principio de la escala que ellos habían considerado no le pagarán más que eso. Por consiguiente, el salario que usted trata de conseguir es importante. Si usted se vende barato, tardará años en subir el nivel.

Richard Bolles en su libro *What Color Is Your Parachute?*[7] *(¿De qué color es su paracaídas?)* detalla los pasos necesarios para imaginarse la escala de salario en la que debe estar el que usted solicita cuando asiste a una entrevista. El método requiere una cantidad de investigación pero da buenos resultados. Como una persona que está en el proceso de superar su timidez, debe tener presente que su autoestima y su enfoque negativo puede llevarle a pedir menos de lo que usted vale. Esa es una razón por la que usted debe tomarse tiempo para averiguar qué es lo que pagan a otras personas en su zona geográfica por trabajos similares.

Pedir un aumento nunca es fácil. La mayor parte de las compañías grandes y medianas tienen una reunión anual con los supervisores para evaluar la tarea durante el año y recomendar los aumentos. Esa es la oportunidad perfecta para que usted saque el tema de un aumento. Si usted trabaja en una empresa en la que no se efectúa esa reunión, pide una cita a su supervisor para discutir el asunto.

Usted puede mejorar sus oportunidades y conseguir un aumento mayor si lleva un diario de sus actividades laborales. Cuando usted comienza y termina proyectos laborales anótelos en el diario junto con los beneficios que han proporcionado a la compañía. La lista de sus logros ayudará a que le consideren una persona efectiva.

Cuando el supervisor le conceda una cita para tratar el tema de su actuación entréguele el resumen de sus logros y una lista de objetivos para el período siguiente. El resumen de su trabajo le recordará al supervisor las contribuciones que ha aportado y la lista de objetivos le asegurará que usted tiene planes definidos para continuar trabajando en la compañía. Este procedimiento facilita al supervisor el apoyo a la demanda de un aumento por encima del nivel de vida. El puede decir: "Miren, esta empleada ha trabajado mucho y ha contribuido al buen funcionamiento de nuestro departamento. Hasta ha diseñado un plan para continuar el trabajo. Empleados como ella no hay muchos: queremos asegurarnos de que no la perderemos a manos de la competencia".

El diario también le será útil cuando usted aspire a un puesto de nivel superior o cambio de trabajo. Usted mismo puede ver qué tareas ha realizado rutinariamente y en qué proyectos especiales ha trabajado.

BUSCANDO UN ASCENSO

Si usted no pide aumento, tendrá la fama de ser una persona no ambiciosa. Igualmente si usted no busca ascensos ni pide más responsabilidades en su puesto actual, será visto como alguien que no se siente comprometido con la empresa. Los tímidos tienden a pensar que no les ascienden porque han cometido errores. Si a usted no le han ascendido es muy probable que sea porque su jefe nunca tuvo la oportunidad de llegar a conocerle y valorarle. Hasta el jefe puede pensar que usted es un presuntuoso porque no tiene mucho trato con sus compañeros de trabajo.

Muchas veces los tímidos protestan diciendo que son leales y muy trabajadores. Es triste pero la lealtad sin ser expresada no se hace notar. Es muy cierto el viejo dicho de que la rueda que hace ruido es la que consigue el aceite. Usted no va a ser apreciado si esconde sus talentos; solamente resultará herido. Mantenerse entre sombras puede hacer que usted se quede en el nivel inferior de la empresa.

Si usted trabaja para superar la timidez, va a encontrarse más apto para el trabajo y dispuesto a aceptar desafíos más grandes. Buscar un ascenso es lo mismo que aspirar a otro empleo. Es buscar relaciones en un nivel más alto; investigando las calificaciones para el empleo superior, averiguando la escala de salarios, viendo gente y yendo a entrevistas.

Aquí también el diario le proporciona buen material para presentar sus logros y su capacidad. Saque del diario lo necesario para presentarse favorablemente en una entrevista y para demostrar al entrevistador que usted está preparado para mayores responsabilidades. Recuerde, motívese con declaraciones positivas y practique algunos ejercicios para aumentar la autoestima y ponerse en forma para la entrevista.

Hablar en público es una tortura para la mayoría de los tímidos. Ya sea haciendo una rápida presentación de su trabajo o dando una charla más larga a la gente de la empresa, habrá momentos en los que usted tendrá que ponerse de pie y ser el centro de la atención. ¿Vale la pena aprender a hablar en público con seguridad? Considere las frustraciones de Ryan, un tímido investigador de mercado. "En una presentación a nivel gerencial, me sentía tan incómodo que anulaba el buen trabajo que yo había realizado. Puedo hacer buenas contribuciones pero parece que no puedo hablar en público".

Michael Motley, profesor de comunicaciones en la Universidad de California, en Davis, tiene unos datos útiles sobre el tema de hablar en público.[8] El declara que un 85 por ciento de la gente siente angustia cuando debe hablar en público. Así que no sólo los tímidos tienen que preocuparse por esto: hasta su firme compañero del despacho de al lado se preocupa cuando debe efectuar una presentación. Pero Motley dice que hay diferencias en la forma como las personas angustiadas y las seguras enfocan el hablar en público.

Casi todos experimentan alguna excitación física antes de hacer un discurso. Aumenta su ritmo cardíaco, puede llegar a sentirse un poco tembloroso y excitado. Pero las personas seguras interpretan esos síntomas físicos como síntoma de que están preparados para el discurso. Usan la angustia como una herramienta y no como un obstáculo. Y es probable que la angustia les haga hacer una presentación más concentrada y animada. Las personas angustiadas interpretan los síntomas físicos como señal de temor y entonces comienzan a pensar en cuáles son las causas de ese miedo. "Voy a tartamudear." "No gustaré al público porque lo haré fatal." "Alguien me hará una pregunta después del discurso, que yo no podré contestar." El miedo va aumentando, se vuelve irracional y catastrófico. Con cada pensamiento temeroso, aumentan los síntomas físicos hasta que usted se mete en un círculo vicioso del que no puede salir.

¿Creería usted que la mayor parte del público ni siquiera se da cuenta de la excitación física del orador? Así es. Hay una irrupción de síntomas físicos que duran unos treinta segundos, por lo general, cuando usted empieza a hablar. Como usted siente la irrupción, se centra en ella y no se da cuenta de que disminuye.

Puede aliviar la excitación física usando su método preferido de relajamiento durante diez o quince minutos antes de la presentación. También puede hacer menos aterrador el asunto de hablar en público, cambiando su punto de vista sobre el discurso. Motley sugiere que contemple el discurso como una comunicación en lugar de una tarea. Usted está de pie ahí para compartir sus conocimientos o ideas con un público que está ahí porque quiere saber lo que usted sabe. Una actitud de tarea significa que usted apunta a que le elogien por lo que ha hecho más que por el contenido del discurso. Todos hemos escuchado suficientes políticos para saber que los que mejor hablan no siempre imparten mucha información durante los discursos. Motley piensa que el estilo tipo conversación es el mejor, empleando sus gestos acostumbrados y las expresiones faciales de siempre y conquistando a la audiencia por el contenido del discurso.

Vuelva a los ejercicios de los capítulos 2 y 4. Aprenda a relajarse un poco antes del discurso; practique la relajación y la visualización, imaginándose que hace su discurso de forma clara y concisa. En lugar de inundarse en opiniones negativas antes de la charla, dígase algunas cosas positivas. "Estoy bien. Estoy preparado para esto". "He dedicado mucho tiempo y trabajo para prepararlo y sé que el público apreciará la información que le daré".

Sugerencias para preparar un discurso

No se siente a escribir un discurso la noche antes de hacerlo. Enfoque la presentación con una planificación y ensayos cuidadosos.

Primero tenga en cuenta el público. ¿Está ahí para ser persuadido? ¿Instruido? ¿Ayudado en un proceso de toma de decisión? ¿Está ahí para aprender algo nuevo, y si así fuera, cuánto conoce ya del tema? ¿Qué es lo que puede obviar en el discurso y qué es vital que incluya?

Las primeras cosas que debe anotar son los hechos más destacados sobre el público y el propósito de su discurso. Esto le indicará qué es lo que el público necesita saber, qué es lo que busca y en qué orden debe darle usted la información. Anote entonces algunas ideas clave de la presentación: los temas principales que usted quiere comentar al público.

Escriba los puntos principales y anote solamente algunas palabras o frases cortas debajo de cada uno. No escriba todo. Si usted escribe la totalidad del discurso, terminará leyéndolo y esa es la manera segura de conseguir que el público se duerma. Usted solo debe tener anotaciones que le recuerden las ideas principales y a las que pueda mirar de vez en cuando mientras habla sobre el punto 1, punto 2 , punto 3.

Un viejo axioma sobre hablar en público dice que usted debería decir a sus oyentes sobre qué va a hablar, a continuación decírselo y luego resumirlo. Esta es la estructura básica de un discurso oral. Dé al auditorio una introducción (quién es usted, sobre qué va a hablar y que espera lograr con ello). Luego aborde el contenido del discurso seguido por un breve resumen.

Practique el discurso varias veces en su casa hasta que pueda decirlo cómodamente. Mantenga un tono de conversación. Memorice las ideas, no las palabras reales (una excepción es recordar de memoria las primeras líneas del discurso; puede ayudarle a disminuir la angustia durante la primera irrupción de la excitación). Controle el tiempo para estar seguro de que se mantiene dentro de los límites disponibles para el discurso. Es mucho más agradable interrumpir el contenido del discurso durante una práctica que tener que hacerlo en público para terminar. Si usted desea desarrollar su habilidad para hablar en público piense que quizá le convendría seguir uno de los cursos de Dale Carnegie.

Los dolores laborales

Encontrar su ambiente en el mundo del trabajo es difícil. Y siendo usted una persona tímida, se duplicará la dificultad. Un estudio tras otro demuestra que la timidez es una barrera en el camino del éxito de la carrera. Pero es una barrera que usted puede superar si decide dedicar tiempo y esfuerzo para hacer progresos significativos en el desarrollo de su potencial.

Su carrera es una fuente importante de autoestima. No todos quieren ser vendedores que ganen un millón de dólares por año; así que juzgue la carrera que usted elija, de acuerdo con unos objetivos definidos por sus valores. No se compare con otras personas. Compárese con lo que usted sabe que puede hacer y luego trate de lograr lo máximo de sí mismo y de su carrera.

10
Posdata: el secreto de su éxito

Si bien lleva tiempo superar la timidez, es una batalla que usted puede ganar. Comprometerse a cambiar significa que usted está abriéndose una puerta: está relacionándose de otra manera con la gente, sintiéndose más feliz consigo mismo, desplazándose libremente en el mundo social, gozando de la calidez y el compañerismo de los amigos, del lazo especial con un amante y de la satisfacción del trabajo en su vida. En resumen usted está diciendo "¡No!" a quedarse al margen de la vida.

¿TODAVIA SE SIENTE TIMIDO?

Hay dos grandes objetivos en el autodesarrollo. El primero es aumentar la autoaceptación: sí, en su interior usted es un tímido. El segundo es adaptar su conducta a las situaciones sociales: seguir adelante *a pesar de* sentirse tímido. La parte tímida de usted quiere evitar los encuentros sociales, quiere olvidarse de la adaptación. Pero su fuerza vital quiere conectarse con otras personas. Ahora que ha llegado al final de este libro quizá esté diciendo: "¡Sí! Quiero relacionarme con otros seres humanos... Pero *todavía me siento tímido*".

No renuncie. Cada vez que se desespere por creer que no va a ser capaz de superar la timidez recuerde que:

- Puede que siempre se sienta un poco tímido en su interior. Use los sentimientos de timidez como una señal para practicar la técnica de relajación, la descentralización y las nuevas actitudes sociales.
- Sus síntomas de timidez no son tan visibles para los demás como usted piensa.

- ¡Le conviene aceptar la retroalimentación positiva! En lugar de centrarse en lo negativo, busque compensaciones sociales.
- Convertir un encuentro social que le ha desilusionado en una experiencia de aprendizaje, hará que usted siga avanzando. Note qué es lo que ha disparado su timidez y continúe trabajando en esa situación paso a paso.
- Ser su peor crítico le mantendrá atascado en el camino de la timidez.
- Sea amable y justo con usted mismo.
- Luchar por mejorar su comportamiento más que por la perfección, le hará vivir una vida social más satisfactoria.

Recuerde que de vez en cuando debe volver atrás para ver en perspectiva. Su objetivo *no* debe ser el deseo de despertar una mañana transformado en un extravertido, sino establecerse un objetivo realista. El tiempo, la energía y el esfuerzo deben conducirle a ser capaz de afrontar las interacciones sociales con calma y confianza. Fíjese como objetivo realista y posible emparejar su yo ideal con su yo real.

Finalmente, si usted no ha hecho los ejercicios de los capítulos anteriores no es de extrañar que siga siendo tímido. Los ejercicios son una herramienta; un método para que usted practique nuevos comportamientos y nuevas formas de pensar sobre sí mismo ¡Uselas!

La investigación apoya los ejercicios. Estos le ayudarán a superar la timidez. Y el empleo de una combinación de diferentes tipos de ejercicios resulta muy superior a cualquier otro método[1]. Sin una decisión seria por su parte la práctica eventual de algún ejercicio no hará que desaparezca su timidez.

DERROTANDO A LA DERROTA

Usted podría pensar que superar la timidez es la tarea más difícil del mundo. En realidad, lo más difícil, el desafío más fuerte es que usted acabe con los sentimientos de derrota y desesperanza. Tendrá que luchar para no renunciar aun antes de haber intentado hacer los cambios necesarios.[2]

Debe darse cuenta de que su conducta tímida va fortaleciéndose. Cuando evita los encuentros sociales, probablemente piense: "No puedo soportarlo. No sé qué hacer ni qué decir. Y no me gusta quedar como un tonto". La idea de posibles catástrofes, en realidad, le proporciona una excusa. Usted evita la situación social y se siente aliviado. "No quedo como un tonto porque no estaba allí".

Esto nos acerca al tema de las ganancias a corto plazo *versus* las pérdidas a largo plazo. Su ganancia a corto plazo es simple: al evitar el encuentro social usted ha evitado una situación potencialmente molesta. La pérdida a largo plazo es permanente. Usted ha perdido la oportunidad de establecer contacto con otras personas, un elemento importante que falta en su vida.

Optar por la ganancia a corto plazo es una tendencia humana natural, aunque no es lo mejor a la larga. Por eso le puede resultar difícil motivarse para hacer los ejercicios que describimos en este libro. Si usted ha tenido este problema, trabaje en los siguientes niveles que introducen otras personas en su programa.

Primero, reclute un amigo o un familiar para que le ayude. Pídale que interprete un papel en sus encuentros sociales difíciles. Interéselo en sus objetivos e infórmele sobre sus progresos.

Si el primer nivel no le parece interesante o necesita más estructura, inscríbase en algún taller de comunicación o en una clase de sociabilidad. Hay lugares que ofrecen este tipo de clases, como las asociaciones cristianas de jóvenes y los centros comunitarios de educación del adulto. También puede seguir uno de los cursos de Dale Carnegie.

Si usted ha agotado todos estos recursos y todavía encuentra imposible el cambio, piense en buscar ayuda profesional. Hay personas extremadamente tímidas que eligen desde el principio este nivel. Aunque el número de personas que solicitan asesoramiento ha aumentado dramáticamente desde la década del cincuenta, la amplia mayoría de la gente, que está debilitada por problemas personales, nunca pide ayuda a un consejero.[3] Es una pena porque hay miles de profesionales calificados disponibles para ayudar a la gente.

COMO SE CONSIGUE AYUDA

Hay que tener valor para admitir ante uno mismo que se necesita ayuda externa. Sin embargo, una vez que usted ha admitido y decidido que va a ir a consultar a un consejero, siente una sensación de alivio. Investigaciones recientes demuestran que la lectura de libros de autoayuda llevan a menudo a la gente a sacar como conclusión que si quieren cambiar algún aspecto de su vida, esos libros son incentivos importantes para que inicien una terapia. Los terapeutas también consideran los libros de autoayuda como un puente entre los inhibidos que están solos con sus problemas y la búsqueda de ayuda. En realidad una encuesta reciente revela que muchos terapeutas recomiendan ahora la lectura de los libros de autoayuda a sus clientes, porque creen que realmente les ayudan a desarrollarse y a cambiar.[4]

Encontrar la persona adecuada para trabajar requiere cierta investigación. Pregunte al párroco de su iglesia, al médico, al maestro o a algún amigo si conoce a alguien que pueda recomendar. Si esos caminos no le procuran información, consulte la guía telefónica para dirigirse a las asociaciones profesionales: ellas le proporcionarán la información que usted necesita. La terapia puede ser de corto o largo plazo, individual o de grupo. Usted deseará conversar con el terapeuta sobre sus necesidades y objetivos y trabajarán juntos para determinar qué tipo de terapia puede beneficiarle más. Para las personas tímidas empezar la terapia es una situación como la trampa-22. Usted se preguntará cómo podría ser capaz de establecer una cita con el terapeuta cuando siente tanta timidez. Para hacer la llamada telefónica, use el guión del capítulo 6. Luego lleve su ejemplar de este libro con usted a la primera cita y dígale al terapeuta que esto es lo que está tratando de lograr. Describa los diferentes síntomas de timidez y cuáles son los que le causan los problemas más grandes.

Puede que usted decida que no quiere hacer el esfuerzo para superar la timidez. Esta es una opción. Por lo menos habrá conocido mucho más sobre la timidez de lo que sabía antes y siempre podrá volver a este libro cuando se sienta preparado para efectuar los cambios. Pero mientras tanto recuerde esto: *Si usted elige no hacer el esfuerzo, no se amargue por las consecuencias.*

EL ANALISIS FINAL

En nuestra civilización, los tímidos se enfrentan en dos campos de batalla. Nuestra sociedad idolatra lo individual, alienta la autoabsorción para los que creen en la idea del más crudo individualismo. (No es para sorprenderse que esta autoabsorción se haya relacionado con el aumento de la depresión en Norteamérica).[5] Aun sin la aprobación social, las personas caen fácilmente en la trampa de la autoabsorción. Al mismo tiempo se sienten incapaces de competir con los trepadores sociales más agresivos.

Una manera de luchar contra la autoabosorción es mediante una conducta altruista. Una nueva ola de investigación sobre el altruismo demuestra que los que ayudan a otros se sienten mejor consigo mismos y que estos sentimientos positivos se reflejan incluso en una mejor salud física[6]. Llegue a los demás modestamente: sonriendo, saludando, demostrando interés en ellos. Y llegue de forma más importante: dando su tiempo y aptitudes como voluntario a una causa en la que crea.

La segunda batalla es con usted mismo. Recuerde que la superación de la timidez es un proceso en el que se da un paso cada vez. Siempre tenga presente que la recompensa por salir de su solitario mundo de timidez, valdrá el esfuerzo. Recompénsese por cada paso que dé hacia adelante y cuando se gire para mirar atrás, verá lo lejos que ha llegado.

Notas

Introducción

1. Philip G. Zimbardo, *Shyness*, Reading, MA, Addison-Wesley, 1977.
2. Jonathan M. Cheek y Arnold H. Buss, "Shyness and Sociability", *Journal of Personality and Social Psychology*, 41 (1981), 330-339.
3. Jonathan M. Cheek y Lisa A. Melchior, "Measuring the Three Components of Shyness", trabajo presentado a la 93rd Annual Convention of the American Psychological Association, Los Angeles, CA, agosto 1985.
4. Jonathan M. Cheek y Alan B. Zonderman, "Shyness as a Personality Temperament", trabajo presentado a la 91st Annual Convention of the American Psychological Association, Anaheim, CA, agosto 1983. "Shyness: How It Hurts Careers and Social Life" en *U.S. News and World Report*, octubre 31, 1983.
5. Warren H. Jones, Jonathan M. Cheek y Stephen R. Briggs (comps.), *Shyness: Perspectives on Research and Treatment*, Nueva York, Plenum Press, 1986.

Capítulo 1

1. Jonathan M. Cheek, Lisa A. Melchior y Andrea M. Carpentieri, "Shyness and Self-Concept", en L. M. Hartman y K. R. Blankstein, (comps.), *Perception of Self in Emotional Disorder and Psychotherapy*, Nueva York, Plenum Press, 1986.
   Jonathan M. Cheek y Arden Watson, "The Definition of Shyness:

Psychological Imperialism or Construct Validity?", *Journal of Social Behavior and Personality* (en prensa).

2. Jonathan M. Cheek, "The Revised Cheek and Buss Shyness Scale", manuscrito inédito, 1983, Wellesley College, Wellesley, MA 02181.

3. Para una reseña véase Jonathan M. Cheek, Andrea M. Carpentieri, Thomas G. Smith, Jill Rierdan y Elissa Koff, "Adolescent Shyness", en W. H. Jones, J. M. Cheek y S. R. Briggs (comps.), *Shyness: Perspectives on Research and Treatment,* Nueva York, Plenum Press, 1986.

4. Jonathan M. Cheek y Lisa A. Melchior, "Measuring the Three Components of Shyness", trabajo presentado a la 93rd Annual Convention of the American Psychological Association, Los Angeles, CA, agosto 1985.

5. Arnold H. Buss, "A Conception of Shyness", en J.A. Daly y J. C. McCroskey (comps.), *Avoiding Communication,* Beverly Hills, CA, Sage Publications, 1984.

6. Arnold Buss, *Social Behavoir and Personality,* Hillsdale, NJ, Lawrence Erlbaum Associates, 1986.

7. James J. Lynch, *The Broken Heart: The Medical Consequences of Loneliness,* Nueva York, Basic Books, 1977.

8. Jonathan M. Cheek y Catherine M. Busch, "The Influence of Shyness on Loneliness in a New Situation", *Personality and Social Psychology Bulletin,* 7 (1981): 572-577.

9. D. P. Morris, E. Soroker y G. Burruss, "Follow-up Studies of Shy, Withdrawn Children-I. Evaluation of Later Adjustment", *American Journal of Orthopsychiatry,* 24 (1954): 743-754.

10. Peter R. Harris, "The Hidden Faces of Shyness: A Message from the Shy for Researchers and Practitioners", *Human Relations,* 37 (1984), 1079-1093.

11. Jerry A. Shmidt, *Help Yourself: A Guide to Self-Change,* Champaign, IL, Research Press, 1976.

Capítulo 2

1. Stella Chess y Alexander Thomas, *Temperament in Clinical Practice,* Nueva York, Guilford Press, 1986.

2. Jonathan M. Cheek y Alan B. Zonderman, "Shyness as a Personality Temperament", trabajo presentado a la 91st Annual Convention of the American Psychological Association, Anaheim, CA, agosto 1983.

3. Robert Plomin y Denise Daniels, "Genetics and Shyness", en W. H.

Jones, J. M. Cheek y S. R. Briggs (comps.), *Shyness: Perspectives on Research and Treatment*, Nueva York, Plenum Press, 1986.

4. Jerome Kagan, Steven Reznick y Nancy Snidman, "Biological Bases of Childhood Shyness", *Science*, 240 (1988), 167-171.

   Allison Rosenberg y Jerome Kagan, "Irish Pigmentation and Behavioral Inhibition", *Developmental Psychobiology*, 20 (1987), 377-392.

5. Jonathan M. Cheek, Lisa A. Melchior y Brian Cutler, "Eye Color and Shyness: An Application of the Three-Component Model", manuscrito inédito, 1987, Wellesley College, Wellesley, MA 02181.

6. Jerome Kagan y J. Steven Reznick, "Shyness and Temperament", en W. H. Jones, J. M. Cheek y S. R. Briggs (comps.), *Shyness: Perspectives on Research and Treatment*, Nueva York, Plenum Press, 1986.

7. William Angoff, "The Nature-Nurture Debate, Aptitudes, and Group Differences", *American Psychologist*, 43 (1988), 713-720.

8. John B. Watson, *Psychological Care of Infant and Child*, Nueva York, W. W. Norton, 1928.

9. Kimberly L. McEwan y Gerald M. Devins, "Is Increased Arousal in Social Anxiety Noticed by Others?", *Journal of Abnormal Psychology*, 92 (1983), 417-421.

10. Si los ejercicios para la descentralización sistemática no le ayudan a permanecer tranquilo en las situaciones sociales, podría preguntarle al médico sobre los últimos avances en la terapia con medicamentos para la angustia social. Si el médico no conoce esa nueva investigación, usted puede pedirle que lea el trabajo sobre la fenelzina, inhibidor de la MAO, presentado por el doctor Michael R. Liebowitz y sus colegas en el *Journal of Clinical Psychiatry*, vol. 49, 1988, págs. 252-257.

11. Gustav Friederich y Blaine Goss, "Systematic Desensitization", en J. A. Daly y J. C. McCroskey (comps.), *Avoiding Communication*, Beverly Hills, CA, Sage Publications, 1984.

    G. M. Rosen, R. E. Glasgow y M. Barrera, "A Controlled Study to Assess the Clinical Efficacy of Totally Self-Administered Systematic Desensitization", *Journal of Consulting and Clinical Psychology*, 44 (1976), 208-217.

    Wes W. Wenrich, Harold H. Dawley y Dale A. General, *Self-Directed Systematic Desensitization*, Kalamazoo, MI, Behaviordelia, 1976.

    Joseph Wolpe, "The Systematic Desensitization Treatment of Neuroses", *Journal of Nervous and Mental Disease*, 132 (1963), 189-203.

12. Stephen M. Kosslyn, "Stalking the Mental Image", *Psychology Today*, 19 (mayo 1985), 22-28.

13. Encyclopaedia Britannica, "Methods of Relaxation", Instant Research Service.
14. Herbert Benson con Miriam Z. Klipper, *The Relaxation Response,* Nueva York, Avon Books, 1975, adaptado con autorización de William Morrow & Co., Inc.

Capítulo 3

1. Jonathan Cheek, Andrea M. Carpentieri, Thomas G. Smith, Jill Rierdan y Elissa Koff, "Adolescent Shyness", en W. H. Jones, J. M. Cheek y S. R. Briggs (comps.), *Shyness: Perspectives on Research and Treatment,* Nueva York, Plenum Press, 1986.
2. Helen M. Johnson, *How Do I Love Me?,* Salem, WI, Sheffield Publishing, 1986, 2a. ed.
3. Nathaniel Branden, *How to Raise Your Self-Esteem,* Nueva York, Bantam Books, 1987. [Trad. esp.: *Cómo mejorar su autoestima,* Barcelona, Paidós, 1988.]
    Diane Frey y C. Jesse Carlock, *Enhancing Self-Esteem,* Muncie, Indiana, Accelerated Development, 1984.
    Matthew McKay y Patrick Fanning, *Self-Esteem,* Nueva York, St. Martin's Press, 1987.
4. F. Ishu Ishiyama, "Origins of Shyness: A Preliminary Survey on Shyness-Inducing Critical Experiences in Childhood", *Journal of the British Columbia School Counsellor,* 7 (1985), 26-34.
5. Wendy E. Liebman y Jonathan M. Cheek, "Shyness and Body Image", en J. M. Cheek (presidente), *Progress in Research on Shyness,* simposio realizado en la reunión de la American Psychological Association, Anaheim, CA, agosto 1983.
6. Louise M. Mamrus, Cheryl O'Connor y Jonathan M. Cheek, "Vocational Certainty as a Dimension of Self-Esteem in College Women", trabajo presentado al 54th Annual Meeting of the Eastern Psychological Association, Filadelfia, PA, abril 1983.
7. Jonathan M. Cheek, Lisa A. Melchior y Andrea M. Carpentieri, "Shyness and Self-Concept", en L. M. Hartman y K. R. Blankstein (comps.), *Perception of Self in Emotional Disorder and Psychotherapy,* Nueva York, Plenum Press, 1986.
8. Stephen L. Franzoi, "Self-Concept Differences as a Function of Private Self-Consciousness and Social Anxiety", *Journal of Research in Personality,* 17 (1983), 275-287.

9. Barbara E. Breck, "Selective Recall of Self-Descriptive Traits by Socially Anxious and Nonanxious Females", *Social Behavior and Personality,* 11 (1983), 71-76.
10. Robert M. Arkin, Elizabeth A. Lake y Ann H. Baumgardner, "Shyness and Self-Presentation", en W. J. Jones, J. M. Cheek y S. R. Briggs, (comps.), *Shyness: Perspectives on Research and Treatment,* Nueva York, Plenum Press, 1986.

    Mark R. Leary, *Understanding Social Anxiety,* Beverly Hills, CA, Sage Publications, 1983.
11. Daniel Goleman, "Research Affirms Power of Positive Thinking", *The New York Times,* febrero 3, 1987.
12. Carol R. Glass y Cheryl A. Shea, "Cognitive Therapy for Shyness and Social Anxiety", en W. H. Jones, J. M. Cheek y S. R. Briggs (comps.), *Shyness: Perspectives on Research and Treatment,* Nueva York, Plenum Press, 1986.

Capítulo 4

1. Reproducido con autorización de MGM/United Artists Communication Company, de *Annie Hall* por Woody Allen, Copyright 1977.
2. Lisa A. Melchior y Jonathan M. Cheek, "Shyness and Anxious Self-Preoccupation During a Social Interaction", *Journal of Social Behavior and Personality* (en prensa).

    Alice P. Arnold y Jonathan M. Cheek, "Shyness, Self-Preoccupation, and the Stroop Color and Word Test", *Personality and Individual Differences,* 7 (1986), 571-573.

    Jonathan M. Cheek y Sherin Stahl, "Shyness and Verbal Creativity", *Journal of Research in Personality,* 20 (1986), 51-61.
3. Jonathan M. Cheek y Lisa A. Melchior, "Are Shy People Narcissistic?", trabajo presentado a la 93rd Annual Convention of the American Psychological Association, Los Angeles, CA, agosto 1985.
4. Charles G. Lord y Philip G. Zimbardo, "Actor-Observer Differences in the Perceived Stability of Shyness", *Social Cognition,* 3 (1985), 250-265.
5. Lynn Alden, "Attributional Responses of Anxious Individuals to Different Patterns of Social Feedback: Nothing Succeeds Like Improvement", *Journal of Personality and Social Psychology,* 52 (1987), 100-106.
6. Lorne M. Hartman, "Social Anxiety, Problem Drinking, and Self-Awareness.", en L. M. Hartman y K. R. Blankstein (comps.), *Perception*

of Self in Emotional Disorder and Psychotherapy, Nueva York, Plenum Press, 1986.

Georgette K. Maroldo, "Shyness and Alcohol Response Expectancy Hypothesis-Social Situations", *American Psychologist*, 41 (diciembre 1986), 1386-1387.

7. Gordon H. Bower, "Mood and Memory", *Psychology Today*, 15 (junio 1981), 60-69.

8. Jerry L. Deffenbacher y otros, "Irrational Beliefs and Anxiety", *Cognitive Therapy and Research*, 10 (1986), 281-292.

9. Carol R. Glass y Cheryl A. Shea, "Cognitive Therapy for Shyness and Social Anxiety", en W. H. Jones, J. M. Cheek, y S. R. Briggs, (comps.), *Shyness: Perspectives on Research and Treatment*, Nueva York, Plenum Press, 1986.

Marvin Goldfried, Edwin T. Decenteceo y Leslie Weinberg, "Systematic Rational Restructuring as a Self-Control Technique", *Behavior Therapy*, 5 (1974), 247-254.

10. Véase, por ejemplo, Norman J. Kanter y Marvin R. Goldfried, "Relative Effectiveness of Rational Restructuring and Self-Control Desensitization in the Reduction of Interpersonal Anxiety", *Behavior Therapy*, 10 (1979), 472-490. También Warren Ricks, Robert McLellan y Catherine Ponzoha, "Rational-Emotive Therapy versus General Cognitive Behavior Therapy in the Treatment of Low Self-Esteem and Related Emotional Disturbances", *Cognitive Therapy and Research*, 12 (1988), 21-38.

11. Carol R. Glass, Thomas V. Merluzzi, Joan L. Biever y Kathy H. Larsen, "Cognitive Assessment of Social Anxiety: Development and Validation of a Self-Statement Questionnaire", *Cognitive Therapy and Research*, 6 (1982), 37-55.

Marvin R. Goldfried, Wendy Padawer y Clive Robbins, "Social Anxiety and the Semantic Structure of Heterosocial Interactions", *Journal of Abnormal Psychology*, 93 (1984), 87-97.

12. Lynn Alden y Robin Cappe, "Interpersonal Process Training for Shy Clients", en W. H. Jones, J. M. Cheek y S. R. Briggs, (comps.), *Shyness: Perspectives on Research and Treatment*, Nueva York, Plenum Press, 1986.

13. Thomas D. Borkovec, "What's the Use of Worrying?", *Psychology Today*, 19 (diciembre 1985), 59-64, reproducido con autorización de *Psychology Today*.

14. Pamela Adelmann, "Possibly Yours", *Psychology Today*, 22 (abril 1988), 8-10.

Capítulo 5

1. Jonathan M. Cheek, Lisa A. Melchior y Andrea M. Carpentieri, "Shyness and Self-Concept", en L. M. Hartman y K. R. Blankstein (comps.), *Perception of Self in Emotional Disorder and Psychotherapy*, Nueva York, Plenum Press, 1986.

   Warren H. Jones y Stephen R. Briggs, "The Self-Other Discrepancy in Social Shyness", en R. Schwarzer (comp.), *The Self in Anxiety, Stress, and Depression*, Amsterdam, Elsevier, 1984.
2. Jonathan M. Cheek y Arnold H. Buss, "Shyness and Sociability", *Journal of Personality and Social Psychology*, 41 (1981), 330-339.

   John A. Daly y Laura Stafford, "Correlates and Consequences of Social-Communicative Anxiety", en J. A. Daly y J. C. McCroskey (comps.), *Avoiding Communication*, Beverly Hills, CA, Sage Publications, 1984.
3. Lazaro García y Barry S. Lubetkin, "Clinical Issues in Assertiveness Training with Shy Clients", *Psychotherapy*, 23 (1986), 434-438.
4. Karen Horney, *Our Inner Conflicts*, Nueva York, W. W. Norton, 1966.
5. Ian R. H. Falloon, Geoffrey G. Lloyd y R. Edward Harpin, "The Treatment of Social Phobia: Real-life Rehearsal with Nonprofessional Therapists", *Journal of Nervous and Mental Disease*, 169 (1981), 180-184.
6. Gerald M. Phillips, "Rhetoritherapy: The Principles of Rhetoric in Training Shy People in Speech Effectiveness", en W. H. Jones, J. M. Cheek y S. R. Briggs (comps.), *Shyness: Perspectives on Research and Treatment*, Nueva York, Plenum Press. 1986, adaptado con autorización de Plenum Press.
7. Valerian J. Derlega, Midge Wilson y Alan L. Chaikin, "Friendship and Disclosure Reciprocity", *Journal of Personality and Social Psychology*, 34 (1976), 578-582.
8. Warren H. Jones, Steven A. Hobbs y Don Hockenbury, "Loneliness and Social Skills Deficits", *Journal of Personality and Social Psychology*, 42 (1982), 682-689.
9. Véase, por ejemplo, Don Gabor, *How to Start a Conversation and Make Friends*, Nueva York, Fireside, 1983.
10. Véase, por ejemplo, Alan Garner, *Conversationally Speaking*, Nueva York, McGraw-Hill, 1980. También Lynne Kelly y Arden K. Watson, *Speaking with Confidence and Skill*, Nueva York, Harper & Row, 1986.
11. Chris L. Kleinke, *Meeting and Understanding People*, Nueva York, W.

H. Freeman and Company, 1986. Copyright 1986 W. H. Freeman and Company. Adaptado con autorización.

12. Nancy M. Henley, *Body Politics: Power, Sex, and Nonverbal Communication*, Englewood Cliffs, NJ, Prentice-Hall, 1977.

Mark L. Knapp, *Nonverbal Communication in Human Interaction*, Nueva York, Holt, Rinehart and Winston, 1972.

13. Robert A. Baron y Donn Byrne, *Social Psychology: Understanding Human Interaction*, Boston, Allyn and Bacon, 1981, 3a ed.

Stewart L. Tubbs y Sylvia Moss, *Interpersonal Communication*, Nueva York, Random House, 1981, 2a. ed.

Capítulo 6

1. Jonathan M. Cheek, "Shyness", *Encyclopaedia Britannica 1987 Medical and Health Annual*, Chicago, Encyclopaedia Britannica, 1986.

Ovid Demaris, "I Didn't Want to Be Who I Was", *Parade Magazine*, julio 27, 1986.

Paul Freeman, "Beauty and the Beast Within", *Continental Choice*, enero 1988.

Ellen Hawkes, "TV's Golden Girls: They Stir Things Up", *Parade Magazine*, octubre 26, 1986.

Barbara Leaming, "Orson Welles: The Unfulfilled Promise", *The New York Times Magazine*, julio 14, 1985.

Bob Minzesheimer, "They're Pictures of Shyness", *USA Weekend*, junio 5-7, 1987.

2. Dan Yakir, "Kaprisky's Lament", *Boston Globe*, mayo 27, 1987, págs. 25 y 30. Reproducido con autorización de Dan Yakir.

3. Barbara Powell, *Overcoming Shyness*, Nueva York, McGraw-Hill, 1981.

4. R. T. Santee y C. Maslach, "To Agree or Not to Agree: Personal Dissent and Social Pressure to Conform", *Journal of Personality and Social Psychology*, 42 (1982), 690-700.

5. "People", *The Boston Globe Magazine*, febrero 19, 1984.

Capítulo 7

1. Virginia P. Richmond, "Implications of Quietness: Some Facts and Speculations", en J. A. Daly y J. C. McCroskey (comps.), *Avoiding Communication*, Beverly Hills, CA, Sage Publications, 1984.

Karen S. Rook, "Promoting Social Bonding: Strategies for Helping the Lonely and Socially Isolated", *American Psychologist*, 39 (1984), 1389-1407.

Ladd Wheeler, Harry Reis y John Nezlek, "Loneliness, Social Interaction, and Sex Roles", *Journal of Personality and Social Psychology*, 45 (1983), 943-953.

Mitchell T. Wittenberg y Harry T. Reis, "Loneliness, Social Skills, and Social Perception", *Personality and Social Psychology Bulletin*, 12 (1986), 121-130.

2. Warren H. Jones y Bruce N. Carpenter, "Shyness Social Behavior and Relationships", en W. H. Jones, J. M. Cheek y S. R. Briggs (comps.), *Shyness: Perspectives on Research and Treatment*, Nueva York, Plenum Press, 1986.

Ruth Ann Goswick y Warren H. Jones, "Loneliness, Self-Concept, and Adjustment", *Journal of Psychology*, 107 (1981), 237-240.

Helmut Lamm y Stephan Ekkehard, "Loneliness Among German University Students", *Social Behavior and Personality* (en prensa).

3. Charles G. Lord y Philip G. Zimbardo, "Actor-Observer Differences in the Perceived Stability of Shyness", *Social Cognition*, 3 (1985), 250-265.

Harrison G. Gough y Avril Thorne, "Positive, Negative, and Balanced Shyness: Self-Definitions and the Reactions of Others", en W. H. Jones, J. M. Cheek y S. R. Briggs (comps.), *Shyness: Perspectives on Research and Treatment*, Nueva York, Plenum Press, 1986.

4. Arnold H. Buss, *Social Behavior and Personality*, Hillsdale, NJ, Lawrence Erlbaum Associates, 1986.

5. Joel D. Block, *Friendship*, Nueva York, Collier Books, 1980.

6. Valerian J. Derlega, Midge Wilson y Alan L. Chaikin, "Friendship and Disclosure Reciprocity", *Journal of Personatity and Social Psychology*, 34 (1976), 578-582.

7. Robert A. Baron y Donna Byrne, *Social Psychology: Understanding Human Interaction*, Boston, Allyn and Bacon, 1981, 3a. ed.

8. Educational Exchange of Greater Boston, *Educational Opportunities of Greater Boston for Adults*, 65th annual ed., Catalog No. 65, 1987-1988. Cambridge, MA, 1987.

9. Steve Bhaerman y Don McMillan, *Friends and Lovers: How to Meet the People You Want to Meet*, Cincinnati, Writer's Digest Books, 1986.

Capítulo 8

1. Sheila Koren, "The Politics of Shyness: An Uninhibited Review", *State and Mind*, 7 (1979), 30-34.

2. Brian G. Gilmartin, *Shyness and Love: Causes, Consequences, and Treatment*, Lanham, MD, University Press of America, 1987.

3. Hal Arkowitz, Richard Hinton, Joseph Perl y William Himadi, "Treatment Strategies for Dating Anxiety in College Men Based on Real-Life Practice", *The Counseling Psychologist*, 7 (1978), 41-46.

4. Virginia P. Richmond, "Implications of Quietness: Some Facts and Speculations", en J. A. Daly y J. C. McCroskey (comps), *Avoiding Communication*, Beverly Hills, CA, Sage Publications, 1984.

5. Véase, por ejemplo, Richard Gosse, *Looking for Love in All the Right Places*, Saratoga, CA, R & E Publishers, 1985. También Susan Page, *I, I'm So Wonderful, Why Am I Still Single?*, Nueva York, Viking Press 1988.

6. Gilmartin, *op. cit.*

7. Warren Farrell, *Why Men Are the Way They Are*, Nueva York, McGraw-Hill, 1986.

8. Elaine Walster, Jane Allyn Piliavin y G. William Walster, "The Hard-to-Get Woman", *Psychology Today*, 7 (septiembre 1973), 80-83.

9. Chris L. Kleinke, *Meeting and Understanding People*, Nueva York, W. H. Freeman and Company, 1986. Copyright 1986 W. H. Freeman and Company. Reproducido con autorización.

10. Mark R. Leary, Robin M. Kowalski y David J. Bergen, "Interpersonal Information Acquisition and Confidence in First Encounters", *Personality and Social Psychology Bulletin*, 14 (1988), 68-77.

11. Andrea M. Carpentieri y Jonathan M. Cheek, "Shyness and the Physical Self: Body Esteem, Sexuality, and Anhedonia", manuscrito inédito, 1986, Wellesley College, Wellesley, MA 02181.

    Lawrence A. Fehr y Leighton E. Stamps, "Guilt and Shyness: A Profile of Social Discomfort", *Journal of Personality Assessment*, 43 (1979), 481-484.

    George F. Solomon y Joseph C. Solomon, "Shyness and Sex", *Medical Aspects of Human Sexuality*, mayo 1971, 10-17.

12. Mark R. Leary y Sharon E. Dobbins, "Social Anxiety, Sexual Behavior, and Contraceptive Use", *Journal of Personality and Social Psychology*, 45 (1983), 1347-1354.

13. A. Caspi, G. Elder y D. J. Bem, "Moving Away from the World: Life-Course Patterns of Shy Children", *Developmental Psychology*, 24 (1988), 824-831.

    Gilmartin, *op. cit.*

    D. P. Wilson, "The Woman Who Has Not Married", *Family Life*, 18 [10] (1958), 1-2.

Capítulo 9

1. Lee Iacocca, *Iacocca: An Autobiography*, Nueva York, Bantam Books, 1984.
2. A. Caspi, G. Elder y D. J. Bem, "Moving Away from the World: Life-Course Patterns of Shy Children", *Development Psychology*, 24 (1988), 824-831.

   Brian G. Gilmartin, *Shyness and Love: Causes, Consequences, and Treatment*, Lanham, MD, University Press of America, 1987.

   D.P. Morris, E. Soroker y G. Burruss, "Follow-up Studies of Shy, Withdrawn Children-I. Evaluation of Later Adjustment", *American Journal of Orthopsychiatry*, 24 (1954), 743-754.

   Sharon Johnson, "The Perils of Shyness on the Job", *The New York Times*, agosto 1986.
3. Karen L. Kelly, "Shyness and Educational and Vocational Development at Wellesley College", Senior Honors Thesis, Wellesley College, mayo 1988.

   Susan D. Phillips y Monroe A. Bruch, "Shyness and Dysfunction in Career Development", *Journal of Counseling Psychology*, 35 (1988), 159-165.

   Virginia P. Richmond, "Implications of Quietness: Some Facts and Speculations", en J. A. Daly y J. C. McCroskey (comps.), *Avoiding Communication*, Beverly Hills, CA, Sage Publications, 1984.
4. John A. Daly y James C. McCroskey, "Occupational Desirability and Choice as a Function of Communication Apprehension", *Journal of Counseling Psychology*, 22 (1975), 309-313.

   Gilmartin, *op. cit.*

   Johnson, *op. cit.*
5. Robert O. Hansson, "Shyness and the Elderly", en W. J. Jones, J. M. Cheek, y S. R. Briggs, (comps.), *Shyness: Perspectives on Research and Treatment*, Nueva York, Plenum Press, 1986.
6. Richard G. Heimberg, Kevin E. Keller y Theresa Peca-Baker, "Cognitive Assessment of Social-Evaluative Anxiety in the Job Interview: Job Interview Self-Statement Schedule", *Journal of Counseling Psychology*, 33 (1986), 190-195. Reproducido con autorización de la American Psychological Association.
7. Richard Nelson Bolles, *What Color is Your Parachute?*, Berkeley, CA, Ten Speed Press, 1982.
8. Michael T. Motley, "Taking the Terror Out of Talk", *Psychology Today*, 22 (enero 1988), 46-49.

Capítulo 10

1. Robin Foster Cappe y Lynn E. Alden, "A Comparison of Treatment Strategies for Clients Functionally Impaired by Extreme Shyness and Social Avoidance", *Journal of Consulting and Clinical Psychology,* 54 (1986), 796-801.

    I. R. H. Falloon, P. Lindley, R. Mc.Donald e I. M. Marks, "Social Skills Training of Outpatient Groups: A Controlled Study of Rehearsal and Homework", *British Journal of Psychiatry,* 131 (1977), 599-609.

    Janet C. Loxley, "Understanding and Overcoming Shyness", en S. Eisenberg y L. E. Patterson (comps.), *Helping Clients with Special Concerns,* Boston, Houghton Mifflin, 1979.

    L. Ost, A. Jerremalm y J. Johansson, "Individual Response Patterns and the Effects of Different Behavioral Methods in the Treatment of Social Phobia", *Behavioral Research and Therapy,* 19 (1981), 1-16.

    Anton Shahar y Michael Merbaum, "The Interaction Between Subject Characteristics and Self-Control Procedures in the Treatment of Interpersonal Anxiety", *Cognitive Therapy and Research,* 5 (1981), 221-224.

    Arden K. Watson, "Alleviation of Communication Apprehension: An Individualized Approach", *Texas Speech Communication Journal,* 11 (1986), 3-13.

2. Albert Ellis, "The Impossibility of Achieving Consistently Good Mental Health", *American Psychologist,* 42 (abril 1987), 364-375.

3. Nikki Meredith, "Testing the Talking Cure", en A. L. Hammond y P. G. Zimbardo (comps.), *The Best of Science '80-'86,* Boston, Scott, Foresman, 1988.

4. Steven Starker, "Self-Help Treatment Books: The Rest of the Story", *American Psychologist,* 43 (1988), 599-600.

    Bruce A. Thyer, *Treating Anxiety Disorders,* Beverly Hills, CA, Sage Publications, 1987.

5. Martin E. P. Seligman, "Boomer Blues", *Psychology Today,* 22 (octubre 1988), 50-55.

6. Allan Luks, "Helper's High", *Psychology Today,* 22 (octubre 1988), 39-42.

Indice analítico

189